韦尔吉的城堡主夫人
La Châtelaine de Vergy

Édition trilingue
(ancien français, français moderne, chinois),
traduite et annotée
par
Huei-Chen LI
Professeur à l'Université de Limoges

佚名 著

李蕙珍 (Huei-Chen LI)
译注

加拿大国际出版社　（CIP）
Canada International Press

书名：韦尔吉的城堡主夫人
版本：古法语，现代法语，中文简体对照本
作者：佚名
译注：李蕙珍　(Huei-Chen LI)
出版：加拿大国际出版社 www.intlpressca.com
Email: service@intlpressca.com
2025 年 2 月加拿大第一版
2025 年 2 月第一次印刷
印刷版国际书号 ISBN：978-1-998479-14-6

电子版国际书号 ISBN: 978-1-998479-15-3

Book Title : La Châtelaine de Vergy. Édition trilingue (ancien français, français moderne, chinois)
Author : Unknown
Explained and Translated by Huei-Chen, LI
Publisher : Canada International Press www.intlpressca.com
Email : service@intlpressca.com
First Edition in Canada, Feb. 2025
First Printing, Feb. 2025
Printed Edition ISBN: 978-1-998479-14-6
E-Book ISBN: 978-1-998479-15-3

目次
Table des matières

前言 Avant-propos v

惯用缩写与特殊符号一览表 Liste de signes conventionnels et des principales abréviations xiii

导论 Introduction xvii

    一、　作品年代与内容 xix

    二、　作品所属之文学体裁与作品来源 xxii

    三、　作品分析 xxvii

    四、　底本手稿简介 xxxvi

韦尔吉的城堡主夫人 La Chatelaine de Vergy 1

专有名词索引 Index des Noms Propres 125

评注中古法文生难词汇索引 Index des Notes 133

书目 Bibliographie 157

韦尔吉的城堡主夫人

前言
Avant-propos

韦尔吉的城堡主夫人

自十二世纪中叶起，法国文学作品除了武勋之歌 (chanson de geste) 外，出现了以贵族为受众对象的宫廷文学 (littérature courtoise)，又称风雅文学或骑士文学。之所以称为宫廷文学，是由于 *courtois* 这个词为古法文阴性名词 *cort*「宫廷」所衍伸出来的形容词 *corteis* (AF)，意思为「诚实的」(honnête)、「忠诚的」(loyal)、「优雅的」(élégant)、「有礼貌的」(poli)，反义词为形容词 *vilain*，后者为古法文阴性名词 *vile*「农庄」(ferme)、「村庄」(village) 的派生词，*vilain* 的意思是「粗俗的」(grossier)、「粗鲁无礼的」(mal élevé)。这类作品大多由八音节 (octosyllabe) 的韵文体写成，内容可以抒情亦可叙事。

大体而言，宫廷文学主要受到三个潮流的影响：1. 古代 (Antiquité) 作品的影响。十二世纪时学者开始认识拉丁文学 (littérature latine)，例如奥维德 (Ovide)、斯塔吉乌斯 (Stace) 与维尔吉 (Virgile) 的作品，内容以爱情与希罗神话故事为主。在 1130 年至 1165 年之间，当时的诗人改编出了《亚历山大传奇》(*Le Roman d'Alexandre*)、《德贝城传奇》(*Le Roman de Thèbes*)、《艾内亚斯传奇》(*Le Roman d'Énéas*) 以及《特洛伊传奇》(*Le Roman de Troie*)，只是里面的古代主角变成了英勇又有教养的骑士，预言者变成了主教。虽然故事里充满着骑士征战与功勋的场景、神奇 (merveilleux) 与冒险的元素，然而爱情才是故事的重点；2. 布列塔尼 (Bretagne) 主题的作品影响。十三世纪的作者从赛尔特文化中汲取灵感，尤其是亚瑟王以及身旁的圆桌骑士系列的传奇故事。克雷蒂安·德·特鲁瓦 (Chrétien de Troyes) 为最具代表之人物，他以亚瑟王宫廷为主轴，创作了用奥依语 (langue d'oïl) 写出的《艾荷克与艾妮德》(*Erec et Enide*)、《克里杰》(*Cligès*)、《狮子骑士伊凡》、(*Yvain, le chevalier au Lion*)、《囚车骑士朗瑟罗》(*Lancelot* ou *le chevalier de la charrette*) 以及《贝瑟华》(*Perceval*) 或称《圣杯的故事》(*Le conte du Graal*) 等作品。除此之外，当时的作品也呈现出赛尔特神话故事中的魔法、仙女 (fée) 或仙/秘境 (monde féérique ou mystérieux) 的元素，例如玛莉·德·法兰西的短篇叙事诗 (lais de Marie de France) 与《崔斯坦与伊索德》(*Tristan et Iseut*)；3.南方普罗旺斯 (Provence) 的影响。当时的法兰西南部比北部要更早形成更为精致优雅的文明，拜气候宜人与较少征战之赐，以及因为地理位置和十字军东征的关系较早接触到东方文明的辉煌，南方的领主已习惯在奢华的环境下过着养尊处优的生活，在那里女性占据着很重要的地位，因此也吸引来一批吟游诗人 (troubadours) 为女性贵族写作。这些诗人的作品多以奥克语 (langue d'oc, ou occitan) 写成的抒情诗，内容大多歌颂着春天、花朵、幸福的爱情或逝去的爱情等主题。到了十二世纪下半叶，这个风雅的风气才渐渐转移到法国北部，这都要归功于阿基坦的艾莉亚诺 (Aliénor d'Aquitaine)，她于公元 1137 年嫁给未来的法国国王路易七世，之后成为法国王后，然而她在公元 1152 年时与路易七世离婚，同年改嫁给未来的英国国王亨利二世。艾莉亚诺喜与艺术家亲近，她的身边总是围绕着一群有文化又有教养之人。她的两个女儿雅艾利斯·德·布罗瓦 (Aélis de Blois) 和玛莉·德·香槟 (Marie de Champagne) 更是将其母的喜好发扬光大，玛莉·德·香槟还是克雷蒂安·德·特鲁瓦的保护者。

　　是以，当时的文学作品在受到上述的三种潮流影响，将爱情凌驾于所有的行为之上。然而，尽管书中的骑士还是一样的骁勇善战和富有冒险精神，他的的英勇事迹不再是为了荣耀天主或是他的主君而为之，相反地，他们的一言一行皆服务于爱情，骑士要绝对臣服于他的女主人 (dame)[1]，他们的关系就如同封建制度下

---

[1] *Dame* 一词源自于拉丁文的 *domina*，意思为「女主人」。

的君臣之间的关系，因为女主人的社会地位往往都高于骑士。为了要取悦女主人，骑士要遵守一些宫廷的价值观和规则好让自己变为合格的完美情人。他们不仅要拥有勇猛矫健的男子气概，还要像宫廷中的贵族一样温文尔雅、善解人意。故事中的女主人 (dame) 会给骑士爱人设下考验好让他能展现或提升自己的价值，这里的爱情可以以任性无理、甚至有时还带有污辱性质的方式呈现，当然这些考验也可以成为成就骑士所有美德与功勋的动力。为了要掳获一位若即若离、高高在上的贵族女主人芳心，仅仅有英勇事迹还远远不足够，骑士还得懂得爱人的艺术，要对这段爱情关系守口如瓶，要耐心守候爱人的指示，要不吝于对女主人表达爱意，还有要对她毕恭毕敬，言听计从，满足她所有专横任性的要求，最终才可以得到她的回应。「风雅」(courtoisie) 一词包含了所有的宫廷礼仪规范、价值观以及理想爱情的整体概念。

目前汉译法国宫廷文学的作品，就笔者所知，只有亚瑟王与圆桌骑士 (*Les chevaliers de la Table Ronde*) 系列的故事、《崔斯坦与伊索德》(*Tristan et Iseut*)[2]、《莱歌集》(*lais*) 与《玫瑰传奇》(*Le Roman de la Rose*) 较为华人所熟知，但是现存的汉译版本大多是由英语、现代法语翻译或编译而成，鲜少有从古法文原典直接译出的完整版本，是以笔者继出版《欧卡森与妮可蕾特》(*Aucassin et Nicolette*)、《尼姆大车队》(*Le charroi de Nîmes*) 古法文、现代法文以及中文译文三文对照版后，将属于宫廷文学的杰作之一《韦尔吉的城堡夫人》(*La châtelaine de Vergy*) 也以同样的三文对照版形式呈现。此一作品根据底本的原长度为 950 行诗，再加上 8 行诗补遗，全长 958 行诗。由于文章篇幅适中，又现无汉译本存世，笔者

---

[2] 参见贝迪耶编，罗新璋译，《特利斯当与伊瑟》（北京：人民文学出版社），1991 年；翁德明，《爱的春药：崔斯坦与伊索德》（台北：先觉出版社），2003 年；褚潇白编，余友辉，罗斯年译，《崔斯坦和伊索尔德：中世纪传奇文学亚瑟王系列精选》（杭州：浙江大学出版社），2020 年。

将其选为语言评注之研究对象，针对全文的词汇 (sémantique) 与构词 (morphologie)[3] 进行解释，并在导论中介绍底本手稿之状态以及作品内容介绍与分析。

此译注本是以珍藏于法国国家图书馆中编号 837 的法文手稿为底本，若是底本有缺漏抑或手抄员在腾抄时在语意或文法上有谬误时，会辅以其他的版本进行补遗校勘，缺文部分会在正文处用括号（〔〕）标示出来，谬误处由于在正文内已做更正，手稿原文则会于每页下方的注解中腾录下来。手稿中的 18 个章节大写字母 (initiales) [4] 会以粗体字标示，与正文区别之，但是由于本译注本遵循 Gaston Raynaud 的校注版以及 Jean Dufournet 与 Liliane Dulac 合作的古法文与现代法文双语对照版的排版方式，采取通篇连续的方式将诗篇编号，所以并未将全文分为 18 个段落。此版本原典的页码则以括号的方式标示，例如（〔6b〕）。手稿中的罗马数字于此版本文中保留下了来，例如 *.i.*、*.ii.*、*.iii.*、*xx.*、*.c.* 等。再者，手稿中的缩写笔者将其还原，并且在还原后的字母下方画线，这样一来读者可以知晓手抄员在誊写手稿时依照当时的习惯缩写方式省略了多少字母，例如 *chevalier* 在手稿中呈现的缩写形式为 *ch′r*，*commença* 被缩写为 *9mença*、*v⁹* 为 *vos* 的缩写形式、*parler* 的缩写

---

[3] 关于以中文解释的古法文构词问题，参见翁德明，《古法文武勋之歌：昂密与昂密勒的语言学评注》（中坜：国立中央大学出版中心，2010），页 11-106 ；佚名，李蕙珍译注，《欧卡森与妮可蕾特》（台北：秀威资讯科技股份有限公司，2020），页 49-86 ；关于常用动词变化表，参见佚名，李蕙珍译注，尼姆大车队：十二世纪以奥朗日的纪尧姆为主角的武勋之歌系列之一》（台北：秀威资讯科技股份有限公司，2024），页 299-339。

[4] 18 個章节分别位于第 1 行、第 73 行、第 103 行、第 141 行、第 177 行、第 217 行、第 295 行、第 303 行、第 323 行、第 359 行、第 483 行、第 541 行、第 609 行、第 647 行、第 719 行、第 799 行、第 835 行以及第 885 行处。

形式为 *øler*、抑或蒂珑符号[5] (⁊) 等同于 *et* 等等[6]。手稿中使用的标点符号与现代的标点符号差距甚远，是故此译注本的标点符号以 Jean Dufournet 与 Liliane Dulac 双语对照版中的标点符号为依据。

此版本采随页注解，注解部分主要参考 Albert Pauphilet、Gaston Raynaud、René Ernest Victor Stuip 以及 Jean Dufournet 与 Liliane Dulac 校注本与双语对照版的注解；现代法文译文部分，为了让读者方便与古法文做对照，现代法文译文偏向贴近原文句型结构的直译，同时参考 Joseph Bédier、Jean Dufournet 与 Liliane Dulac、René Ernest Victor Stuip 以及 André Mary 的译文而成；文后附上专有名词与生难词汇索引，目的在方便读者迅速搜寻到所需的数据所在位置。

最后笔者要感谢外子曾少扬以及亲友的鼓励与陪伴，使得这本译注版最终得以完成。或有不足处，恳请不吝赐教，若有任何宝贵意见，烦请寄到笔者的邮箱 hueichenli@yahoo.fr，感谢之至。

---

[5] 蒂珑符号 (notes tironiennes) 是一套由西赛罗 (Cicéron) 的秘书蒂珑 (Tiron) 在公元前一世纪时创造出来的缩写速记方法，在欧洲中世纪的修道院中修士必须学习这些速记符号用以誊写和阅读手稿，这个系统从早期的一千个符号渐渐扩充到五千个符号，全盛时期甚至增加至一万三千个符号。从十二世纪开始，蒂珑符号的使用渐渐式微，之后只剩下为数不多的常用符号仍被手抄员运用，例如现今的 (&)，便是由蒂珑符号 (⁊) 演变而来。

[6] 关于古法文缩写符号问题，参见佚名，李蕙珍译注，《尼姆大车队：十二世纪以奥朗日的纪尧姆为主角的武勋之歌系列之一》(台北：秀威资讯科技股份有限公司，2024)，页 52-54。

惯用缩写与特殊符号一览表

Liste de signes conventionnels et des principales abréviations

符号 与缩写	符号与缩写意义解释
*	上标并写于字词前方，用以表示此字词为还原古典拉丁文的形态，然而在书面形式中并未发现此字词。例如 *dis-coperire* ; *wisa* ; *targa*。
<	代表「源自于」的意思。例如 *nuis* < *lat.* nox ; *mois* < *lat.* mensis ; *voie* < *lat.* via。
adj.	「形容词」，是 adjectif 之缩写。
adv.	「副词」，是 adverbe 之缩写。
AF	「古法文」，是 ancien français 之缩写。
cf.	「参照」、「参考」，是 confer 之缩写。
COD	「直接受词」，是 complément d'objet direct 之缩写。
COI	「间接受词」，是 complément d'objet indirect 之缩写。
cond.	「条件式」，是 conditionnel 之缩写。
conj.	「连接词」，是 conjonction 之缩写。
CR[1]	「偏格」，是 cas régime 之缩写。
CS[2]	「正格」，是 cas sujet 之缩写。

---

[1] 古法文 (ancien français) 将古典拉丁文 (latin classique) 的六格词尾变化 (déclinaison) 简化为两格词尾变化，此二格分别称为正格（cas sujet）与偏格（cas régime），相对应于古典拉丁文的主格（nominatif）与宾格（accusatif）。此外，名词的正格与偏格皆可再分为单数与复数，是故名词的变格基本上会有四个格之变化：正格单数（CS sing.）、偏格单数（CR sing.）、正格复数（CS pl.）、偏格复数（CR pl.）。

[2] 正格（cas sujet）在句子中分别担任主词（sujet）、主词表语（attribut du sujet）、呼语（apostrophe）以及主词之同位语（apposition du sujet）等功能；而偏格（cas régime）则囊括所有主格已担任的语法功能之外之功能，例如直接受词（COD）、间接受词（COI）、直接受词的同位语（apposition au complément d'objet direct）、直接受词的表语（attribut du COD）、状语（compléments circonstanciels）。

f.	「阴性」，是 féminin 之缩写。
fut.	「未来时」，是 futur 之缩写。
imp.	「命令式」，是 impératif 之缩写。
impf.	「未完成过去时」，是 imparfait 之缩写。
ind.	「直陈式」，是 indicatif 之缩写。
indéf.	「不定的」，是 indéfini 之缩写。
inf.	「原形动词」，是 infinitif 之缩写。
lat.	「拉丁文」，是 latin 之缩写。
m.	「阳性」，是 masculin 之缩写。
ms.	「手稿」，是 manuscrit 之缩写。
p1	第一人称单数。
P2	第二人称单数。
P3	第三人称单数。
P4	第一人称复数。
P5	第二人称复数。
P6	第三人称复数。
pl.	「复数」，是 pluriel 的缩写。
prép.	「介系词」，是 préposition 的缩写。
prés.	「现在时」，是 présent 的缩写。
pron.	「代名词」，是 pronom 之缩写。
sing.	「单数」，是 singulier 的缩写。
subj.	「虚拟式」，是 subjonctif 的缩写。
subst.	「名词」，是 substantif 的缩写。
v.	「动词」，是 verbe 的缩写。

导论
Introduction

韦尔吉的城堡主夫人

xviii　韦尔吉的城堡主夫人

一、作品年代与内容

根据 Gaston Raynaud (1921, IV) 的研究显示，《韦尔吉的城堡主夫人》应该撰写于十三世纪中叶，最晚不会超过公元 1288 年。Paul Zumthor (1968, 92) 则认为此作品的创作时期为十三世纪的前三分之一。René Ernest Victor Stuip (1970, 63-65) 推测作品应该写于公元 1240 年。如同大部分的中世纪作品一样，作品出自何处与作者皆无从考证，但应该是来自于皮卡第的诗人 (poète picard)。

这部作品的作者希望藉由此故事的悲惨结局教育恋人保守秘密 (discrétion) 是保护爱情的首要品德，以免被外表抱诚守贞又口风严实的伪君子泄漏隐私，悔不当初 (vers 1-17)。故事发生在勃艮第的宫廷 (cour de Bourgogne) 中，韦尔吉的城堡主夫人接受了骑士的表白，同意两人建立恋爱关系，但是夫人明确要求两人的关系必须在秘密的状态下进行，他们两个商议好每当骑士看见夫人的小狗在果园中时，骑士便可以单独与夫人会面，就这样两人以如此的方式秘密相爱了许久却无人知晓 (vers 18-42)。由于骑士身为勃艮第公爵的入幕之臣而频繁出入宫廷，他俊朗的外貌和优雅的谈吐深深地吸引了公爵夫人，进而爱上了他。一天，公爵夫人终于忍不住向骑士表明爱意，却遭到骑士拒绝，公爵夫人恼羞成怒，誓言要复仇 (vers 43-106)。

当晚公爵夫人遂向勃艮第公爵吹枕边风，说丈夫忠奸不分，随后诬告骑士对她心怀不轨，频频对她示爱，想要玷污破坏她的名声。勃艮第公爵听罢对骑士的忠诚起了疑窦，当夜心烦意乱，辗转难眠 (vers 107-149)，翌日便早早招唤骑士单独会面，斥责他对夫人的龌龊心思，已构成背信弃义的罪名，欲将其永远逐出勃

艮第领地 (vers 150-176)。当骑士听到他将被驱逐出境，想到他被主君无缘由地扣上从未犯下的背叛罪名，以及再也无法见到心爱之人，当下惊慌失措，难过到不知如何是好 (vers 177-187)。骑士尝试为自己辩解，无奈公爵说出是公爵夫人本人亲口控诉骑士的叛徒行为，并且选择相信自己妻子说的话，骑士百口莫辩 (vers 188-216)。

为了安抚妒火中烧的公爵，骑士发誓会如实回答公爵的问题，所以他在必须遵守对主君的绝对忠诚誓言和对爱人的守密承诺两难中，被迫选择将他与城堡主夫人的秘密爱情泄漏给公爵知道，他对公爵坦承他真正爱的人是他的侄女韦尔吉的城堡主夫人，还有他是如何透过小狗与爱人会面之事 (vers 217-356)。公爵向骑士保证会为其严守秘密，但是由于好奇心的驱使，也为了亲眼证实骑士所言不虚，他希望有机会能陪同他一起赴约。骑士告知公爵当晚他就要会面城堡主夫人，两人订好时间地点，夜幕低垂时，两人便朝城堡主夫人住处走去，一切发生的就如同骑士之前描述的一般，小狗进入到果园迎接骑士，而公爵则藏身于城堡主夫人房间旁的一棵大树后面，彻夜偷窥这对情侣的互动。这对情侣整宿恩爱，互诉思念之情，在拂晓前，两人依依不舍地分开。公爵在一整晚的观察后，对骑士觊觎公爵夫人美色的疑虑消失无踪，当他看见骑士走出城堡主夫人的房间，以及他的侄女关上房门之时，便立刻出发与其会合，公爵对骑士保证会永远宠爱他以及对他的爱情守口如瓶 (vers 357- 508)。

这天在用餐时公爵对骑士展现出前所未有的殷勤，公爵夫人看在眼里，气急败坏，随后佯装身体不适，便起身离席回到房间休息。公爵随后前往探视夫人的病情 (vers 509-520)，夫人却仍揪着丈夫对骑士和颜悦色的态度不依不饶，继续进谗言，公爵对夫人说明他已知道事情的来龙去脉，骑士是无辜的，请她莫要再追究此事，说罢便留下公爵夫人一人离开 (vers 521-550)。公爵夫人对丈夫的态度深感疑惑，并且很想知道真相，便盘算了让丈夫吐露实情的一套策略：在夜晚床第之欢时，公爵夫人耍小性子，闹脾气佯装生气，这时公爵必会让步服软。公爵夫人等到了夜晚就寝之时，依计行事，她以爱为名开始煞有其事地发了一阵脾气后，终于成功地从公爵口中套出骑士真正爱的是韦尔吉的城堡主夫人之秘密，公爵甚至一五一十地将前晚他与骑士在果园的事情尽数告知，连小狗这个细节也没有放过。但是公爵夫人只在意骑士喜欢的人居然是一位社会地位低于她的贵族女士，这让她感到莫大的屈辱。之后公爵对夫人再三强调因为他对骑士承诺要严守此秘密，所以夫人也要对此事秘而不宣，一旦泄漏出去，公爵会亲手杀死夫人 (vers 551-667)。

接下来公爵夫人下定决心开始筹划她对情敌韦尔吉夫人的复仇大计，她要找到适合的时间和地点与其攀谈，在不经意时透露出她知道韦尔吉夫人与骑士的私情，目的是重创韦尔吉夫人。这个计划要等到圣灵降临节时才得以实现。节日当天，当餐桌撤去时，公爵夫人看见时机成熟便以戏谑的口吻讽刺城堡主夫人，说她很会调教她的小狗和称赞她有一个英俊勇敢的男友。在场的贵族仕女们皆不理解公爵夫人所说之意，便跟随公爵夫人回到舞会上，将城堡主夫人一人留在原地 (vers 667-722)。城堡主夫人被公爵夫人的话语深深地震惊和刺伤，随后进入到一间小房间，倒卧在床上，却没有发现另一位年轻女孩的存在。城堡主夫人开始咀嚼公爵夫人话语的含意，进而判定骑士背叛了她，在一长串的独白后，城堡主夫人在哀伤中死去 (vers 723-839)。骑士在舞会上遍寻不着城堡主夫人，便出发去小房间找她，却发现她的爱人已经一动也不动地死去 (vers 723-870)。

　　这时在小房间里的年轻女孩起身对骑士说城堡主夫人一进房间便一心求死，她因为爱人的背叛和公爵夫人为了一只小狗奚落她而伤心不已。骑士听罢立刻了解到是他对公爵泄漏的秘密害死了他的爱人 (vers 871-883)。骑士陷入了无止尽的绝望中，随后他用剑刺进了他的心脏，倒在他爱人的遗体旁，最后因为失血过多身亡 (vers 884-900)。年轻女孩见到两具无生命迹象的尸体时，吓得连忙冲出房间，接着将所见所闻原原本本地讲述给公爵知晓。公爵这时已气到失去理智，他迅速进入房间从骑士的胸膛上拔出他用来自刭的剑，接着信守承诺，大步朝公爵夫人走去，二话不说在众目睽睽下一剑便劈死了公爵夫人 (vers 901-923)。

　　公爵在宫廷中对所有在场的宾客讲述整件事情的经过，所有的人都为之哭泣。隔天公爵命人将这对恋人葬于同一棺木中，公爵夫人则葬于另一处 (vers 924-938)。经此一事，再也没有人听过公爵的笑声，之后他加入了海外的十字军，在那里成为了圣殿骑士团的骑士 (vers 939-943)。作者文末给予读者忠告，透过这个不幸的例子得出的教训便是悲剧的来源为骑士泄漏了恋人之间的秘密，倘若要守护自己的爱情的话，便要小心保守秘密，这样就可避免被那些爱打探他人隐私之伪君子攻击 (vers 944-958)。

二、　作品所属之文学体裁与作品来源

　　根据 Jean Dufournet 与 Liliane Dulac (1994, 8-9) 以及 René Ernest Victor Stuip (1985, 7-8) 的双语对照版解释，这篇只有短短 958 行八音节韵文诗 (vers octosyllabiques)[1] 的故事 (récit) 可以被归

---

[1] 此处指的是以 Gaston Raynaud 于 1921 年的校注版的行数为基础，此版本以 ms. 837 (ms. C) 为底本，不足处辅以其他手稿补遗。而 René Ernest Victor Stuip 于 1970 年的校注版则是以 ms. 375 (ms. A) 底本，全长 948 行诗。

类为故事 (conte)、小说 (roman) 或是短篇小说 (nouvelle)，有的学者甚至认为由于此作品富有教训意义，也许可以将其归类为（短篇）寓言故事 (fable/ fabliau)。根据现今保存下来的二十多本十三世纪至十五世纪的手稿、翻译成其他中世纪的荷兰文以及意大利文版本、十五世纪末的一个散文体版本以及自十六世纪起一系列或多或少被改写的版本等等，其中最有名的便是玛格莉特·德·纳瓦拉 (Marguerite de Navarre) 的《七日谈》(Le Heptaméron) 中的第七十个短篇故事 (70ᵉ nouvelle)。此外，在十四世纪时，还有人制作出上面雕有《韦尔吉的城堡夫人》故事中最重要情节的象牙盒子和梳子 (coffrets et peignes en ivoire)，也有在一些佛罗伦萨 (Florence) 的浮雕和挂毯上可以找到《韦尔吉的城堡夫人》的故事。由此可见，这部作品在当时的欧洲应该非常受到欢迎。直至今日，这部作品仍持续被学者广泛讨论与研究，各方所持意见皆不相同，这对一部篇幅如此短小，内容又如此显而易懂的作品在法国文学中实属罕见。

在十二世纪中叶时，武勋之歌 (La Chanson de geste) 的豪情壮志仍然吸引着那些正在前往圣地朝圣途中的听众，然而贵族们却开始喜欢不那么粗旷的文学类型，是故宫廷文学 (la littérature courtoise) 应运而生。这时的贵族阶级已成为世袭制，也越来越封闭，所以贵族仕女开始制定起精致的礼仪规矩，《韦尔吉的城堡夫人》故事便是这种环境下的投射。此故事发生的地点位于勃艮第的宫廷，四位主要人物皆为贵族。由于骑士和公爵为君臣关系，所以他可以自由进出宫廷，同时也能和公爵夫人私下交谈。在公爵的府邸里，贵族来此参加宴会，吃喝玩乐。韦尔吉的城堡夫人则在邻近的公园里有着自己的一栋房子，而且她还跟上当时的潮流，眷养了一只小狗。这个故事的主角们过着安逸又舒适的生活，并未历经什么大风大浪，只能说故事通篇讲述的是一个爱情故事，受众者为贵族。在宫廷文学中最常遇见的主题为风雅的爱情 (amour courtois ou *fin'amor*)，这种形式的爱情通常以女性为尊，陷入爱河的男子要为爱情牺牲奉献，最后才能得到爱人的奖赏。这种爱情中的女主角通常比男主角的身分地位要高，而且大多为已婚贵族，使得这段关系得密而不露。

Jean Dufournet 与 Liliane Dulac（1994, 9-11）认为，《韦尔吉的城堡夫人》故事的题材乍看之下原创性并不高，因为在同时期的玛莉·德·法兰西（Marie de France）的《朗法勒》(*Lanval*)[2]，以及

---

[2] 《朗法勒》为玛莉．德．法兰西十二世纪末写下的作品。朗法勒为亚瑟王宫廷里长期被忽略的一位忠诚骑士，在圣灵降临节时亚瑟王对身边所有人大行封赏，唯独漏掉了朗法勒，朗法勒落得一穷二白，于是他骑上马不告而别，任由自己的马随意行走，最后到了一片有河流经过的草原，他让马在草原上休憩吃草，自己则躺在草上看着河水流着，并且想起了自己不幸的遭遇。这时有两位身穿华服的侍女请他进入她们女主人的帐篷里，朗法勒起身相随，在帐棚里看见了美的不可方物的仙女，她对朗法勒直言喜欢对方，朗法勒也对她一见钟情，当天便确定了恋爱关系。仙女和朗法勒说要他先返回卡尔度耶勒 (Carduel)，她以后会保障他衣食无缺，并且想她时可以随时招唤她，但是对她的身分要绝对保密，因为仙人恋是不被祝福的，一旦泄漏她的存在，朗法勒便会失去她再也见不到她。之后的日子果真如仙女所说他衣食无忧，并且只要朗法勒想见仙女都能如愿以偿，日子过得幸福甜蜜。好景不常，王后格妮薇佛尔 (Guenièvre) 暗恋朗法勒已久，一天和朗法勒示爱却遭到拒绝，朗法勒在回绝时不小心说出他已有爱人并且她身旁的侍女都美过王后。王后觉得备受羞辱便向亚瑟王告状说朗法勒勾引她和侮蔑她，要国王帮她讨回公道。朗法勒因为对他人提起仙女的存在而违背誓言，仙女不再理他。亚瑟王帮妻子出头决定判朗法勒勾引王后的罪刑，但朗法勒只承认在气头上说出冒犯王后的话。陪审团要求只要能够证明朗法勒所言不假，也就是说他的爱人和两位侍女都美过王后的话，朗法勒便无罪释放。最后千钧一发之际，仙女前来相救，并原谅了朗法勒，最后将他带去阿瓦隆仙岛 (Avalon)，不再回凡间。

两篇佚名作者写的《葛拉艾隆》(*Graelent*)[3]、《甘嘉穆尔》(*Guingamor*)[4] 的叙事诗 (lais)[5] 中皆有类似保守秘密的情节，以及如

---

[3] 《葛拉艾隆》的故事内容与《朗法勒》非常雷同，只有些许细节有些差异罢了。葛拉艾隆为布列塔尼人，出身显赫，人帅心美，伴随国王征战，冲锋陷阵，奋勇杀敌，他的英勇事迹赢得了国王的青睐。葛拉艾隆的名声传到了王后的耳里，便开始爱慕他。一天王后约他单独见面并且对他旁敲侧击问他是否有中意之人，葛拉艾隆回答尚未有心爱之人，王后终于按耐不住对他表明了爱意，葛拉艾隆以食君之禄，忠君之事，不得做损害主君的名声为由婉拒了王后的爱意，王后仍不死心，继续送礼物和情书想打动他，无奈葛拉艾隆无动于衷，王后由爱生恨，便让国王对葛拉艾隆心生嫌隙，不再发俸禄给他，葛拉艾隆生计陷入困顿。一天他心情低落，骑马出城，在森林中看见一只比雪还要白的母鹿，便追了上去，母鹿将他带至一片草原上，在小溪旁有一位美丽的女子在那里沐浴，她的金色长袍和其他华服挂在树上，葛拉艾隆见状，将母鹿和忧伤全都抛到脑后，于是他下了马，拿起了挂在树上的衣服，想让美丽的女子出浴。女子生气地要他至少给她一件衬衫穿上，其他的可以带走。葛拉艾隆递给女子衬衣，接着向她求爱，女子一开始拒绝，之后接受了他的示爱，两人确定恋爱关系。女子要求他必须对他们的关系以及她仙女的身分保密，再来便是她能够满足他所有的愿望。葛拉艾隆依依不舍地回到住处，仙女派人送来马匹和锦衣钱财，他俩就这样过着幸福的日子。国王在圣灵降临节时举办了大型庆典，葛拉艾隆也列位出席，国王向所有与会人士询问是否有人见过比王后还要美丽的女子，所有人都异口同声说世界上再也没有比王后更美的女人了。葛拉艾隆此时默不作声，低头想起了自己的爱人，他的反应被王后尽收眼底。王后对国王说葛拉艾隆的沉默羞辱了她，国王要求葛拉艾隆给予一个合理的解释。葛拉艾隆回答王后确实很美，但应该还有比她更美的女子。有人问他是否认识某位女子美过王后，葛拉艾隆回答他认识一位比王后美上三十倍的女子。这个回答让王后要求那位女子出现好让大家比评一番，不然他就要被判刑。在一轮审判后，仙女在最后一刻出现救下葛拉艾隆，但是仙女仍然生他不守密的气不想和他说话，葛拉艾隆哭着祈求原谅，经过一番折腾后两人终于和解，仙女将葛拉艾隆带往她的国度。

[4] 《甘嘉穆尔》为十二或十三世纪时作者不详的韵文叙事故事 (lai)。甘嘉穆尔是大不列颠国王的侄子，骁勇又睿智，国王膝下无子，想立他为继承人。一天国王出门打猎，王后趁机向他示爱却惨遭甘嘉穆尔拒绝，王后由爱生恨但又害怕甘嘉穆尔告发她，便抢先一步向国王提议让甘嘉穆尔前去狩猎白色野猪，因为以往前去狩猎此猪的人从未回来过。甘嘉穆尔接受挑战，隔日甘嘉穆尔开始追逐野猪，在一小丘上他发现了一座非常华丽的宫殿，里面却空无一人。在继续追捕野猪时，撞见了一位美丽的年轻女子在泉水中洗澡并且叫出了他的名字。年轻女子在他之前造访过的宫殿招待他并承诺他三日后会将野猪奉上，甘嘉穆尔因为很喜欢这位女子便答应了。三天锦衣玉食的日子过后，甘嘉穆尔执意要回到他叔父的身边，年轻女子才告知他其实他在这里的三天为人间的三百年，他认识的人已经去世已久。年轻女子最后还是让他离去并且警告他在他回到这里前千万不要碰那里的饮食。甘嘉穆尔带着野猪的头骑着马回到了人间。回到人间后他遇到了一个煤炭商人，甘嘉穆尔向他打听国王的消息和如何去城堡。

圣经中波堤乏的妻子[6] (la femme de Putiphar) 一般的贵族妇女因爱而不得进而诬告社会地位较低的男主角，导致男主角被迫违背誓言泄漏秘密的情节主题 (motifs)。《韦尔吉的城堡夫人》故事中有几个片段和《崔斯坦与伊索德》(*Tristan et Iseut*) 内容相仿：例如城堡夫人以为骑士背叛了她，最终绝望而死的情节让人想起了伊索德最后的结局；此外勃艮第公爵藏身于一棵大树后观察他侄女与骑士的恋情就如同马克国王藏身在树上偷窥崔斯坦与伊索德的一举一动一样；公爵最后将城堡主夫人与骑士合葬也与马克国王在崔斯坦与伊索德死后将其葬在相邻处极为相似。还有故事结尾骑士的自杀情节也让人想起了《比拉姆丝与蒂丝蓓》(*Pyramus et Thisbé*) 中比拉姆丝以为蒂丝蓓已死而选择自杀殉情的情节。

　　这些主题在以赛尔特为题材 (matière celtique) 的宫廷文学作品里非常普遍，所以我们甚至不能说出现在故事里的这些主题是模仿或是借入前人作品的某些桥段，我们只能说中世纪的作品有共同的一些主题与素材可以让当时的创作者根据自己的需求自由汲取，重新诠释与再造。就如同在其他的中世纪作品里也有小狗的元素，例如伊索德的小狗 Petitcrû 和崔斯坦的猎犬 Husdent 等，但是牠们却没有如同《韦尔吉的城堡夫人》故事中小狗扮演的精

煤炭商人对他说国王三百年前早已死去，城堡也已变为废墟。甘嘉穆尔将他的故事告诉煤炭商人并将野猪的头赠予他以示证明他所言不虚。在回仙境的途中他吃了人间的三个苹果，便马上老去跌落下马。煤炭商人一路跟随甘嘉穆尔，亲眼见证两位身穿华服的女子及时出现责备他不听劝告吃了人间食物，接着将他带回仙境，永远消失在人间。

[5] *Lai* 为十二世纪时出现的一种固定形式的诗歌，此词意义涵盖甚广，有「歌曲」(chant)、「音乐」(musique)、「叙述」(narration)、「论说」(discours) 等意思。这种形式的叙述诗和赛尔特 (racine celtique) 渊源甚深，因为玛莉．德．法兰西以这种形式撰写的作品占了大部分，大多以布列塔尼为题材 (matière bretonne)。

[6] 波堤乏为埃及法老王的执行官，在圣经创世纪 (Genèse) 里约瑟 (Joseph) 为波堤乏的奴隶，因为才能出众被委以重用，他的妻子爱慕约瑟想与约瑟行淫，被他拒绝，其夫人恼羞成怒诬告约瑟想要玷辱她，约瑟因此沦为阶下囚。

确角色，作者赋予了故事中的小狗信使的脚色，用以确保两人的爱情不被第三者知晓。

作者还喜欢引经据典，在文中他引用了当代的文学作品作为辅助工具，例如当骑士被公爵威胁驱逐出境时，骑士因为怕失去爱人而焦虑慌乱之时，引用了库西城堡主人 (châtelain de Coucy) 的一段诗来表示他的彷徨与软弱；此外，在故事快要终结之际，城堡主夫人在抱怨骑士的背叛时想起她一直以为骑士的爱比崔斯坦 (Tristan) 还要忠诚，这两位人物都是宫廷文学中完美情人的典范，当代读者在阅读时可以强化对故事中角色的共鸣度，让读者更容易接受故事中内容。是以当公爵亲眼见到骑士和他侄女爱得难舍难分的情景，他之所以如此轻易地打消对骑士勾引他妻子的疑虑，主要的原因也是由于骑士完美情人的形象足以解释他不可能有爱上其他女子的可能性。

三、作品分析

Jean Dufournet 与 Liliane Dulac (1994, 13-18) 指出，这部作品的主题便是所有宫廷小说皆在探讨的完美理想的爱情 (*fin'amor*)。这个概念在城堡主夫人去世前曾多次提及，这是一种超脱于世俗道德观，是一种与身心融为一体无可言喻的幸福。这部作品中的人物作者并未做过多的着墨，也未有各式各样对爱情主题提出富有寓意的辩论，其中最具代表性的便是作者对女主角并未有称颂其外貌身材的描述，也未将其塑造为令人崇拜的偶像，作者只是单纯描述恋人双方互相感受到爱人的幸福感，两人的爱情既简单又纯粹，这份爱情近乎抽象。也许正是因为如此才让作品有很多想象和诠释的空间。尽管故事简单明了，作者在故事结尾给出的道德教训引起了诸多质疑和评论，因为在故事的一开始作者说有一种人看似忠诚又口风严实，但是他们却到处将他人的隐私散布出去任人嘲笑，然后在故事结尾时又说所以要保住爱情的话，就要保守秘密，以免给那些伪君子有可趁之机，而抱憾终身。之所以会引起争议，是因为骑士不幸的起源并非出于他自愿将秘密告知他人，而是在公爵的威迫下才泄漏的，骑士和城堡主夫人两人皆是公爵夫人欲望和忌妒的牺牲品罢了。所以一些文学评论家才认为这个范例故事结尾的寓意部分只是一个假象，在看似平凡无奇以及不符合故事内容所得出的道德教训外表下，也许隐藏着更深一层含意的教训。

　　故事的主要人物只有四位：城堡主夫人、骑士、公爵与公爵夫人。前两位为牺牲者，后两位为加害者。公爵看似忠诚，却将秘密泄漏给妻子听，而公爵夫人则是想尽办法要窥探骑士的隐私好伺机报复他。作者除了对男主角的性格和外貌用英俊潇洒 (*biaus*)、风度翩翩 (*cointes*)、骁勇善战 (*preus*) 三个形容词描述外，其他的人物只能从他们的行为和话语中想象人物的复杂性格。举例来说，公爵夫人在故事里扮演着阴险毒辣、睚眦必报的角色，这种人物性格便很难从仪容外表、身分地位来判断。在她被骑士拒绝后，便一心想着要报仇，她在任何情况下都保持头脑冷静，审时度势，也有耐心等到时机成熟之时，给对方致命一击。她善于说话，应对能力很强，知道如何应付不同的人，例如她懂得在被骑士拒绝时如何适时结束对话，保住颜面，全身而退；她擅于利用丈夫招架不住女人在床上耍小性子和吹枕边风的弱点，成功离间骑士和她夫君的关系以及套出骑士爱的人是城堡夫人的真相；她还巧用看似亲切礼貌的简短嘲讽话语，字字诛心地刺痛城堡主夫人。公爵在故事中扮演的是不忠诚的朋友，但他却有着好丈夫和好君主的品德。不得不承认，公爵对夫人的爱并未有居高临下的感觉，他会聆听夫人的感受，接受夫妻关系应该是对等的爱情，而非一方单独付出。再者，公爵在怀疑骑士勾引他的妻子之时，尽管在盛怒下他仍然耐着性子给骑士申辩的机会，在证明骑士是无辜的时候他也欣喜万分，保证以后还是会宠爱他，可见公爵是个重情重义之人，他很珍视和骑士的这份君臣之谊。除了上述优点外，公爵明显的缺点便是有些轻浮，他会觉得整晚藏身在大树后偷窥情人的互动饶富兴味，还有身为主君本应君无戏言，然而他却将对骑士承诺守密之事泄漏，枉为人君。

至于骑士与城堡主夫人，他们两位的性格相对地简单许多。这两人是为爱而生的人，两人虽然经常出入宫廷，却感觉好像过着与世隔绝的生活，譬如骑士应该熟悉宫廷社交的应对进退，奇怪的是他却没有发现公爵夫人频频向他示爱的小动作；当公爵夫人对他告白时，他的回答直接又粗暴，倘若当时他婉拒得体，也就不会发生后面公爵夫人觉得尊严扫地，誓要报仇挽回颜面的后续情节。之后，公爵逼他说出他是否有心爱之人之时，骑士在不知应该要在忠于主君命令还是谨守爱人承诺之间作抉择时，他内心煎熬到哭了出来，可见骑士缺乏遇事的应变能力，在当下面对问题时只能束手无策，任人摆布。说道城堡主夫人，她也是一位不黯世事之人。她的府邸和果园好像就是为了爱而存在似的，故事里并未提她有任何知己、仆人或是丈夫，所以城堡主夫人是否已婚是一个模拟两可的问题，因为在传统宫廷文学中的女主角大多是已婚身分，文中只有在第 714 行诗时似乎有隐射到她有丈夫 (*seignor*)。此外，她除了要求骑士保守秘密和运用小狗当信差以外，好像没有对周遭的人有警惕心，因为在故事中她本人就是理想爱情的化身，是故她在表达极度痛苦的独白时更能感动人心，引起共鸣，因为在这整件事情里她是唯一无辜的受害者，她未曾辜负过骑士的爱情，也从未得罪过公爵夫妇，她会被公爵夫人讨厌的理由仅仅因为出于对情敌的忌妒和社会地位低于她。城堡主夫人在独白的最后还缅怀和骑士的幸福时光和梦想破碎的痛苦，同时也参杂了一些基督教的色彩进去，因为她除了祈求天主赐她一死之外，还恳求天主原谅她的爱人，这个举动充分表现了完美爱人的形象。在故事的前三分之二部分，城堡主夫人大多以间接的形式出现，她只是骑士的爱慕对象，很少有说话的机会，然而在她的长篇独白时刻，她瞬间成为了整篇故事的女主角，在故事的尾声时刻，剧情急转直下，骑士发现在爱人逝去后很快地跟着自尽殉情，相较于城堡主夫人之死，骑士在死前并未抒发太多的内心感受。作者此时很懂得如何将全书最悲催的人物聚焦，然后适时突显出一些场景，将故事的悲伤时刻放大到几乎静止不动一般，最后将悲剧推向至全书的最高潮。

有些学者在分析这对情侣的性格时提出了他们行为的一些不合理处，他们不理解城堡主夫人为何只听见公爵夫人随意的只字片语，就天真地掉进公爵夫人设下的陷阱，直接判定骑士背叛了她，而不去询问过骑士再作决断？还有她在独白时说她自己对爱人是无条件地顺从和满足对方的需求，但是为何她又要对骑士订下那么无情的守密条款？为何骑士对城堡夫人深情厚意的同时，却又对公爵夫人的诬陷以及主君对他下的驱逐令之事三缄其口？这些质疑可以找到合理的解释：书中一开始城堡主夫人要求的绝对保密条款就如同在之前提过的叙事诗 (lais) 中，仙女要求骑士爱人对其身分保密一样，这个条款更多的是女主角对骑士的试炼和爱情的承诺，而非只是出于小心谨慎而守密，所以女主角才会在保密这件事上没有让步的可能性，它象征的是完美的爱情。依照这样角度去理解的话，便能解释为何骑士会在将两人关系透漏给公爵时，选择沉默不告知城堡主夫人实情，也可以体会女主角为何在发现秘密被泄漏时，立刻判定骑士违背誓言的诠释。城堡主夫人向往的爱情只存在于如同人间仙境般的宫廷僻静处，那里就像朗法勒 (Lanval) 与甘嘉穆尔 (Guingamor) 在故事的结尾选择追随仙女前往其居住的仙境一样，在那里无有诸苦，但有诸乐，所以在仙境中，骑士征询城堡主夫人两人身处险境的意见，抑或是城堡主夫人询问骑士是否违背誓言无疑是将仙境格调降低到凡间的感觉，也就是说让自己从绝对的理想世界降到相对的现实世界中。所以之前学者质疑主角行为的不合理处是一种过分要求情节合乎现实的心态，却忽略了这个故事原本就是为了描写理想爱情所写出的非写实文学作品。

　　另外，这个故事最有争议性的部分便是它营造了虽然主角皆无姓名，却很有可能是从真人真事中汲取灵感，但为了怕被认出而隐去他们的姓名的写实小说，这种文学形式称之为 *roman à clef*。早期校注版的学者如 Gaston Raynaud (1892, 151-153) 便依据作品可能的创作时期，以及从故事中提及的勃艮第 (Bourgogne) 和韦尔吉 (Vergy) 两个家族联姻的线索中，找寻在公元 1199 年至 1288 年期间两个家族中可能的相对应人物，他们认为城堡主夫人很可能在历史中是一位叫做罗荷·德·洛琳 (Laure de Lorraine) 的贵族女子，公元 1259 年时再婚时嫁给继尧姆·德·韦尔吉 (Guillaume de Vergy)，公爵也许是勃艮第公爵于格四世 (Hugues IV de Bourgogne)，公爵夫人则应该是公爵在 1258 年再娶的蓓雅特里丝·德·香槟 (Béatrice de Champagne)。Charles-Victor Langlois (1926, 211) 则驳斥这个假设，他认为应该要跳脱长久以来这个故事为真人真事的框架，因为作者只是很有效率地运用看似真实事件的手法来达到制造假议题的目的罢了。

　　根据 Jean Dufournet 与 Liliane Dulac (1994, 18-21) 双语译注版中的导论解释，书中故事有一半左右的内容是以对话 (dialogues) 或独白 (monologues) 的直接引语 (discours direct) 形式出现。故事的渐进推进是由公爵夫人与骑士的对话、公爵夫人与公爵的对话、公爵与骑士之间的对话、以及最后公爵夫人与城堡主夫人之间快速简短的对话所组成。故事情节很常是在对话中进行，其中说话最多的人是公爵夫妇，由于身为封建制度中的领导阶层，他们往往将其意愿强加在社会低位较低的骑士和城堡主夫人身上。在故事情节进展到一半时，作者插入了唯一的一段骑士和城堡主夫人之间的对话让紧凑的故事节奏短暂地缓解下来，一旦主线情节完成后，对话在故事的最后四分之一已然消失不见。故事中的叙述部分往往退居在谈话的后面，用以串连故事中的场景，尤其是在篇幅比较长的叙述片段中常常还夹杂了人物的想法与情感。例如故事中的 477-490 行诗：*当公爵看见小门关上时，便立刻动身前往与骑士会合。而骑士正自顾自地抱怨着夜晚：正如同他之前所说，夜晚转瞬即逝。这也是他刚离开的爱人所思及所说。她觉得夜晚并未满足所有她所期待的欢愉，还有她不喜见白昼的到来。这便是骑士内心所思所想。当公爵与骑士会合时，公爵拥抱了他 […]，* 在这段叙述中，这对恋人对爱情无止尽的贪爱好几次以自由间接引语 (discours indirect libre) 呈现，除了这对恋人的想法外也加入了窥探着这对情侣的公爵视角。这部作品的特色是所有视角皆局限在人物当下的心情和行为中，让人无法抽离出来以客观角度去解释人物的行为，所以对整个故事的评价也只能朝着道德教训的方向诠释。

　　作者这种将重要的时刻突显出来，再辅以人物对话的写作方式会让人误以为是在陈述真实的故事，其实这只是一种写作手法，那些为了情节推进所释出的前后矛盾资讯并无任何真实性可言，因为我们除了对故事所呈现出来的场景外其他一无所知。同理可得，这个故事的含义也可以跳脱出作者建议的版本，任由读者做不同的诠释。举例来说，在书中的第 295-302 行，公爵威胁要将骑士驱逐出境时，骑士当时引用库西城堡主的一段诗恰恰强化了骑士当时想到要与爱人永别的痛楚，再来便是城堡主夫人在得知骑士泄漏两人的秘密时在临死前的那段痛苦的独白 (vers 733-834)，这两个插曲透过抒情的方式表达出完美爱情所带来的无与伦比幸福，但是也伴随而来的是对这份幸福永无止尽的贪恋，最后是看似完美的爱情也不免落入绝望的境地。城堡主夫人在独白中表示爱情是她快乐与痛苦的来源，她回忆起和骑士在一起的甜蜜幸福情景，然而骑士泄漏他俩相恋的秘密却又深深地刺痛了她，因为违背誓言便意味着骑士已经失去了她，而她又无法因为失去了胜过自己生命的爱人而存活下来，最后因对完美爱情的幻灭而痛苦死去。所以这个故事的含义也许可以被理解为理想爱情的突然幻灭。

综观故事内容，这个悲剧故事的起因看似是公爵夫人的报复心，但是最后事态的演变超出了公爵夫人的预期，是故整个故事情节和对话皆是被作者精心安排，里面的人物皆身不由己地照着剧情走，也就是说作者会先让一位选定好的人物确定一个很强的动机，在这个动机的驱使下，迫使另一个人物无从反抗只能照著作者预先选好的情节执行。举例来说，公爵在听完夫人对骑士的指控之后，为了厘清事情的真相，必然要找骑士对质，骑士因为身为人臣，再加上之后又被迫发誓要说出真相，骑士在要对公爵还是城堡主夫人忠诚之间陷入两难的境地，公爵以君臣之谊担保不会将秘密泄漏出去才攻破骑士的心房，将实情全数告知。为了推动情节，骑士的泄密是无可避免的。接下来便是安排如何让公爵也将秘密泄漏出去：公爵夫人以夫妻之间要互相信任为由胁迫公爵告知实情，公爵最后也老实将骑士的秘密泄漏给夫人听。想当然尔，之后的剧情也是和先前一样，公爵要求夫人发誓严守秘密，然而这个秘密又被公爵夫人泄漏了出去。每一次的泄密都必然改变了接下来会发生的剧情，造就了看似偶然，实则必然的环环相扣剧情。公爵与公爵夫人看似站在主导地位，其实他们和骑士与城堡主夫人一样皆是作者为了操控剧情所创造的牵线木偶而已，无论加害者与被害者皆超乎个人自由意愿，在故事中身不由己地扮演剧情所要求的角色，所以公爵在陪同骑士去他侄女处约会后对其保证会守护他俩爱情的剧情，在公爵违背誓言泄密后看来更加讽刺，这对恋人这次甜蜜的约会只不过是悲剧发生前短暂的宁静时刻。

这对活在两人秘密世界的幸福恋人之所以会遭遇不幸，主要是因为不熟悉宫廷的规则和价值观，所以才会招致公爵夫人的厌恶以及公爵的的猜忌、威胁和承诺。就拿公爵夫人来说，由于身居高位，她便开始向往如宫廷小说里一般能找到一位因她而身份地位提升的情人；而公爵则是一方领主，掌管着臣子的去留与生杀大权，公爵与其夫人对骑士的指控皆合理地建立于骑士在宫廷的一举一动之基础上：按照宫廷习俗，骑士的行为举止和考究的装扮在在都像是在取悦女人的感觉，但是他又没有公开表示有爱慕的人，所以很容易被误会他想在宫廷里寻找爱人。宫廷内错综复杂又危机四伏的规则，让这对只想谈理想恋爱的情侣身陷危险之中。

然而这些封建制度下的规章是把双刃剑，公爵也在泄漏秘密后遭到反噬，尝尽苦头，最终成为海外圣殿骑士团的骑士，从此不再回来。因为于公，公爵身为君主，为权力至高的象征，自己却率先背叛了对臣子的誓言，导致了恋人的死亡，他没有尽到保护臣子的责任，所以他公正严明和爱护臣子的明君形象直接崩坏，背负骂名。尽管如此，于私，他对他夫人的爱情忠诚又高贵，他对她委以信任，最后得到的结果却是欺骗。在经历这件事后，他的人生不再有意义，所以他才选择参加十字军。理想的爱情似乎只要与外界接触便会消失不见，是以秘密便是与社会体制相反的乌托邦，保守秘密便是保护自己不受外界社会影响。只可惜最后还是真实的社会战胜了乌托邦，骑士为了免于被驱逐出境而泄漏了秘密，因为他真正的位置在公爵的城堡里；公爵陪伴骑士赴约象征着宫廷的势力已经侵犯至城堡女主人如世外桃源般的果园。理想的爱情往往被真实社会的束缚所摧毁，所以说人们是无法过遗世而独立的生活。

这个故事的最后三死一自我放逐到海外，可以说所有的人物皆为输家，没有赢家，这个结局让读者思考是否在恋爱时要全然地信任对方？当骑士选择君臣关系凌驾于爱情之上时，当公爵将爱情放在主君对臣子的责任前面时，无论任何背叛的理由都已经造成了灾难性的后果。

作者似乎一开始便将宫廷生活与遗世独立的完美的爱情放在两个对立面，因为两者本质不兼容。公爵夫人在书中尝试勾引骑士时，曾旁敲侧击地建议他应该要得到一位身居高位的女子青睐，这样他就可以在宫廷里平步青云，收获荣耀和利益，这样的观点不仅被当时的社会所接受，也符合当时的宫廷习俗。这也解释了公爵大人为何在得知骑士喜欢的女子社会地位低于她时，她会羞愤不已；同样的道理，城堡主夫人在公爵夫人口中听闻她和骑士之间的小秘密时，便深信骑士背叛了她，但是她无论如何都无法想象骑士会为了一位身分地位比她还要高的公爵夫人或是王后而抛弃她 (vers 794-796)。按照宫廷文学中的经典模式，居高临下的贵族式爱情是要将道德进步 (progrès moral) 与社会地位提升 (élévation sociale) 两者混合在一起，这样才能显得他们高人一等。贵族妇女的爱情为那些贫穷的骑士提供了一条能让其社会地位提升的康庄大道，社会地位较低的他们则怀揣着能够靠着爱情与功勋晋升至贵族的梦想。

《韦尔吉的城堡主夫人》故事中探讨的泄密主题并不特殊甚至还有些可耻，这样的主题内容与中世纪短篇寓言故事 (fabliau) 有相似之处：公爵夫人虽然饰演毒妇的脚色，却也带有些许诙谐的色彩，例如她在示爱遭到骑士拒绝时把他称作「呆子阁下」(dans musars)，嘲讽骑士的不解风情；再来就是公爵夫人为了让丈夫顺从她的意愿所使用的伎俩，居然是在两人行床第之欢时逼他就范；这个所谓的高高在上的爱情也只不过是为了满足个人激情的欲望，实际上却是毫无高贵情操的工具罢了，与不忠和背叛划上等号。书中象征完美情人的骑士一点也不像其他宫廷小说中的主角一般一心想要建功立业，展露头角，相反地，他淡泊名利，与世无争，所以才能让完美的爱情充分绽放，让情侣双方都能感受到幸福的氛围。这份梦幻般的爱情终究抵挡不了现实所迫以悲剧告终。总而言之，这部作品的故事情节简单，风格朴实，用字浅显易懂；尽管如此，作者擅于刻划人物不同的性格和他们不同的内心情感与思想，使得这部中世纪作品与其他的现代作品相比毫不逊色，堪称杰作。

四、底本手稿简介

本译注版采用的手稿底本为手稿 *C*，现今珍藏于法国国家图书馆，法语手稿编号 837 (manuscrit français 837)，约莫完成于十三世纪末，手稿的材质为羊皮纸，对开本 (format in-folio)，全书 362 张纸 (feuillets)[7]，高 315 厘米，宽 210 厘米，每页为双栏排版，《韦尔吉的城堡夫人》占据手稿中的第 6 页正面第二栏至第 11 页正面第一栏，每栏包含 50 行，全文 950 行诗[8]，手抄员采用的是小

---

[7] 362 feuillets 中 feuillet 的意思为含有正反面的一张纸，所以此处要表达的意思为 362 张羊皮纸之意，其实是 724 页。

[8] 故事中的 211-216 行诗与 517-518 行诗皆为参照其他手稿补遗。

型的歌德字体 (petite écriture gothique)，这本手稿为十八世纪精装书装订技术，封面材质为红色摩洛哥皮，上面印有路易十五的纹章，书脊上印有烫金的法国皇家的百合花徽 (fleurs de lis)，书名只有简单写着《诗歌集》(Poésies)。作品的开端并无书籍的开头词 (incipit[9])，但在故事结束时有结尾词 (explicit) *Explicit la chastelaine de Vergi*。

Fig. 1 Manuscrit C
(Bibliothèque nationale de France, français 837, Folio11 recto)

手稿并未有华丽的装饰图案，内文除了章节大写字母 (initiales) 为彩色外，皆由黑色墨水写成。全文由 18 个章节大写字母所分段，除了全书开头缀有红色与金色的蓝色大写字母占据了八行的位置外，剩余的 17 个分段大写字母只占据了两行的位置，这些大写字母蓝红色交替出现，字母内外也是以蓝红色线条点缀。手抄员很常使用缩写符号，偶而出现标点符号，手稿的语言在法兰西方言 (francien) 的基础上还带有古皮卡第方言 (ancien picard) 色彩。

---

[9] *incipit* 为拉丁文词组 *hoc incipit liber* 直译的意思为「书在这里开始」(ici commence le livre) 的缩减形式，*incipit* 为动词 *incipio* 的直陈式现在时第三人称单数的动词变化形式。*Explicit* 则源自于拉丁文的词组 *explicit liber*，为 *explicitus est liber* (le livre est déployé) 的缩写形式，意思为「此书终结」，与 *incipit* 的意思相反。*incipit* 与 *explicit* 在中世纪手稿中频繁出现，这两个词组在手稿中方便读者迅速认出是一篇文章的起始和终结，因为一本手稿中常常誊写了超过数十甚至数百篇文章而没有跳页，所以将书的首尾用这两个词标示出来不失为一个简便的辨识方法。

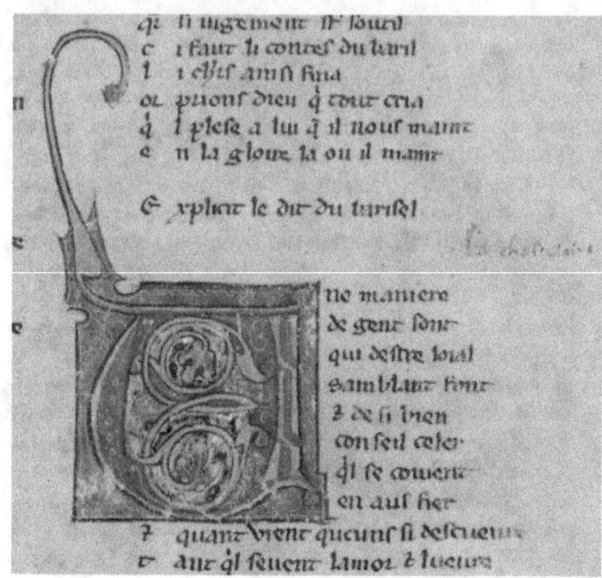

Fig. 2 Manuscrit C

(Paris, Bibliothèque nationale de France, français 837, Folio 6 recto)

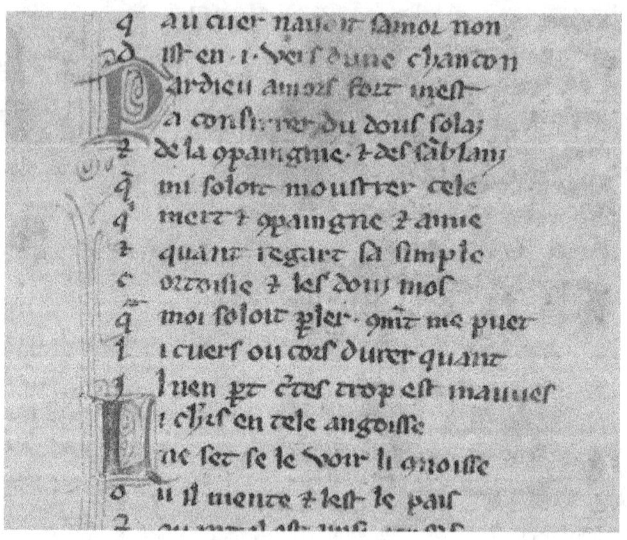

Fig. 3 Manuscrit C

(Bibliothèque nationale de France, français 837, Folio 7 verso)

韦尔吉的城堡主夫人

La Châtelaine de Vergy

古法文/现代法文/中文对照

古法文原文	现代法文译文	中文译文
1 [6b] Une maniere[1] de gent[2] sont	Il existe une sorte de gens	世上有这么一类人，
Qui d'estre loial[3] samblant font[4]	Qui font mine d'être loyaux	他们外表装得一副抱诚守贞
Et de si bien conseil[5] celer[6]	Et de si bien garder un secret	又守口如瓶的模样，
Qu'il se covient en aus[7] fier[8] ;	Qu'on est conduit à leur faire confiance ;	所以人们都会对其委以信任。

---

[1] *maniere* : (n.f.) catégorie des gens caractérisés par une certaine façon d'agir (「有着某种行为特征的一类人」)。

[2] *gent* : (n.f.) gens, peuple (「人」、「民众」)。

[3] *loial* : (adj.) loyaux (「忠诚的」、「正直的」)。*Loial* 属于第二类阴阳性同型态的形容词，此处为正格复数 (CS pl.) 的变格形式。

[4] *font samblant de* : (ind. prés.) font mine de, font semblant de (「装作……的样子」、「假装」)。*Samblant* 此处为第一类阳性名词偏格单数 (CR sing.) 的形式，意思为「外表」(apparence)、「样子」(mine)。*Font* 则为动词 *faire* 的直陈式现在时 p6 的形式。

[5] *conseil* : (n.m.) secret (「秘密」)。*Conseil* 源自于拉丁文 *consilium*，属于第一类阳性名词变格，此处为偏格单数的形式。*Conseil* 的正格单数形式为 *conseuz*。*conseil*「秘密」这个主题贯穿整部作品，根据 Jean Dufournet 与 Liliane Dulac (1994, 160-161) 的注解，这个秘密依序被不同的人所泄漏：1. 骑士承诺城堡主夫人保守秘密，然而他却将秘密泄漏给公爵；2. 公爵对骑士发誓守秘，却将秘密泄漏给公爵夫人听；3. 公爵夫人对公爵保证守口如瓶，但是她却将秘密些漏给城堡主夫人知道；4. 城堡主夫人得知被骑士背叛而死去；5. 骑士因为爱人之死而得知公爵泄密；6. 公爵得知公爵夫人泄密，亲手杀了她。

[6] *celer* : (inf.) cacher (「隐藏」)。

[7] *aus* : (pron. tonique) eux (「他们」)。

[8] *se fier en (quelqu'un)* : faire confiance à quelqu'un (「信任某人」)。

古法文原文	现代法文译文	中文译文
5 Et quant vient [9] qu'aucuns [10] s'i descuevre[11]	Mais quand il arrive qu'on se découvre	然而一旦有人对其敞开心扉，
Tant qu'il sevent [12] l'amor et l'uevre[13],	Au point qu'ils apprennent une aventure d'amour,	使其知晓他的爱情经历时，
Si l'espandent[14] par le païs[15],	Ils en répandent la nouvelle par le pays,	这些人却又将他的隐私广为流传至整个地区，
Puis en font lor gas[16] et lor ris[17].	Et en font l'objet de leurs plaisanteries et de leurs rires.	随后成为他们挪揄嘲讽的对象。

---

[9] *vient* : (ind. prés.) il arrive (「发生……」)。*vient* 为动词 *venir* 的直陈式现在时 p3 的形式。

[10] *aucuns* : (pron. indéf.) quelqu'un (「有人」、「某人」)。*aucuns* 此处为阳性正格单数 (CS sing.) 的形式。

[11] *s'i descuevre* : se découvre (「透露心声」、「敞开心扉」)。*descuevre* 为动词 *descovrir* (< * dis-coperire) 的直陈式现在时 p3 的形式。

[12] *il sevent* : (ind. prés.) ils savent (「知晓」、「得知」)。*sevent* 为动词 *savoir* 的直陈式现在时 p6 的形式。

[13] *uevre* : (n.f.) action, affaire (「行动」、「事情」)。

[14] *espandent* : (ind. prés.) répandent (「散布」、「传播」)。*espandent* 为动词 *espandre* 的直陈式现在时 p6 的形式。

[15] *païs* : (n.m.) pays (「地方」、「地区」)。*païs* 源自于拉丁文 *pagensis*，由于词源中以带有 s，所以 *païs* 属于第四类无变格阳性名词，此处为偏格单数的形式。

[16] *gas* : (n.m. pl.) moqueries, plaisanteries, railleries (「嘲讽」、「戏谑」、「挪揄」)。*gas* 源自于古斯堪地纳维亚语 (vieux norrois) *gabba*，此处为第一类阳性名词偏格复数 (CR pl.) 的形式。*Gas* 的偏格单数 (CR sing.) 与正格复数 (CS pl.) 的形式为 *gab*。

[17] *ris* : (n.m. pl.) rires (「嘲笑」、「取笑」)。*Ris* 源自于拉丁文 *risus*，由于字根中便有 -s，是故属于第四类阳性名词无变格法，此处为偏格复数的形式。

古法文原文	现代法文译文	中文译文
Si avient[18] que cil joie en pert[19]	Alors, il arrive que celui qui a révélé son secret	这时这位泄漏秘密的仁兄
10 Qui le conseil a descouvert[20],	en perd la joie,	则因此失去了快乐,
Quar[21], tant com l'amor est plus grant,	Car, plus l'amour est profond,	因为爱情越是刻骨铭心,
Sont plus mari[22] li fin amant[23]	Plus sont marris les parfaits amants,	完美的恋人越是感到懊悔不已,
Quant li uns d'aus de l'autre croit	Quand l'un d'eux croit	当其中一人认定
Qu'il ait dit ce que celer doit.	Que l'autre a dit ce qu'il doit tenir caché.	另一人泄漏了本应秘而不宣的事情。
15 Et sovent tel meschief[24] en vient	Et souvent il en résulte un tel malheur	这样的情形往往会导致他们的恋情

---

[18] *avient* : (ind. prés.) arrive (「发生……」)。*avient* 为动词 *a(d)venir* 的直陈式现在时 p3 的形式。

[19] *pert* : (ind. prés.) pert (「失去」)。*pert* 为动词 *perdre* 的直陈式现在时 p3 的形式。

[20] *a descouvert* : a dévoilé (「泄漏」、「透漏」)。*Descouvert* 为动词 *descovrir* 的过去分词形式。

[21] *Quar* : (conj.) car (「因为」)。

[22] *mari* : (adj.) marris, affligés (「懊悔的」、「痛苦的」)。

[23] *li fin amant* : les amants parfaits (「完美的恋人」)。

[24] *meschief* : (n.m.) malheur (「不幸」、「厄运」)。

古法文原文	现代法文译文	中文译文
Que l'amor faillir en covient[25]	Que leur amour cesse nécessairement	必须得在悲伤欲绝与羞愧
A grant dolor et a vergoigne[26],	Dans la grande douleur et la honte,	的不幸结局中收场，
Si comme il avint en Borgoingne	Comme il advint en Bourgogne	就如同发生在勃艮第
[6c] D'un chevalier preu et hardi	À un chevalier valeureux et hardi	的一位英勇无畏的骑士
20　Et de la dame de Vergi	Et à la dame de Vergy.	与韦尔吉的夫人身上的不幸事件一样。
Que li chevaliers[27] tant ama[28]	Le chevalier l'aima tant	骑士对夫人表达浓烈的倾慕之意，
Que la dame li otria	Que la dame lui accorda	最终夫人接受了
Par itel convenant[29] s'amor	Son amour à la condition suivante :	他的爱，但是有以下的一个条件：

---

[25] 手稿中的原文为 *en covint*，此处根据 *ms. H* 更正之。

[26] *vergoigne* : (n.f.) honte, pudeur（「羞耻」、「羞愧」）。

[27] 手稿中的原文为 *uns chevaliers*，此处根据 *ms. H* 更正之。

[28] 手稿 *A*、*B*、*D*、*F*、*H* 此处的动词为 *pria* 而非 *ama*，所以 Jean Dufournet et Liliane Dulac 以及 René Stuip 的现代法文译文皆翻译为 *pria*。

[29] *Par itel convenant* : à une telle condition, à cette condition（「在这样的条件下」）。*Convenant* 为阳性名词，在古法文中的意思为 「协议」(accord)、「约定」(convention)、「承诺」(promesse)。

古法文原文	现代法文译文	中文译文
Qu'il seüst qu'a l'eure et au jor	Il devait savoir que le jour	他应当知道
25 Que par lui seroit descouverte	Où leur amour serait révélé	当他们的爱情被他泄漏的那天，
Lor amor, qu'il averoit perte	Par lui, il perdrait	他便失去了
Et de l'amor et de l'otroi	cet amour et le don	这份爱情以及她本人
Qu'ele li avoit fet de soi.	Qu'elle lui avait fait d'elle-même.	赐予他的礼物。
Et a cele amor otroier	Lorsqu'elle lui accorda cet amour,	当夫人接受他的这份爱时，
30 Deviserent[30] qu'en .i. vergier[31]	Ils décidèrent que le chevalier	他们决议骑士
Li chevaliers toz jors vendroit	Viendrait tous les jours dans un verger,	每日在夫人给他指定的时间
Au terme que[32] li meteroit ;	À l'heure qu'elle lui fixerait,	来到果园中，
Ne se mouveroit[33] d'un anglet[34]	Et qu'il ne bougerait de son recoin	待在僻静处寂然不动

---

[30] *Deviserent* : (ind. passé simple) décidèrent（「决议」、「决定」）。*Deviserent* 为动词 *deviser* 的直陈式简单过去时 p6 的形式。

[31] *vergier* : (n.m.) verger（「果园」）。

[32] *Au terme que* : à l'heure que（「在……时候」）。

[33] *se mouveroit* : (cond. prés.) bougerait, se remuerait（「动」）。*Mouveroit* 为动词 *mouvoir* 条件式现在时 p3 的形式。

[34] *anglet* : (n.m.) petit coin, recoin（「隐蔽处」、「偏僻的角落」）。

古法文原文	现代法文译文	中文译文
De si que[35] .i. petit chienet[36]	Avant qu'il eût vu un petit chien	直至看到一只小狗
35 Verroit par le vergier aler ;	Aller dans le verger	进入果园之中，
Et lors venist sanz demorer[37]	Alors, il se rendrait sans tarder	这时他便毫不延迟地走进
En sa chambre, et si seüst bien	Dans sa chambre, sûr	她的房间，想当然尔，
Qu'a cele eure n'i avroit rien,	Qu'à ce moment il n'y aurait personne d'autre	这时没有其他任何人，
Fors la dame tant seulement.	Que la dame, et elle seule.	只有夫人独自一人。
40 Ainsi le firent longuement[38],	Ainsi furent-ils longtemps,	他们用这样的方式约会了很长时间，
Et fut l'amor[39] douce et senee[40],	Leur amour fut doux et secret,	他们的爱情甜蜜又隐密，

---

[35] *De si que* : jusqu'à ce que（「直到」）。

[36] *chienet* : (n.m.) petit chien（「小狗」）。

[37] *sanz demorer* : sans tarder（「毫不延迟地」、「立刻」）。

[38] *longuement* : (adv.) longtemps（「很长时间」）。

[39] *amor* : (n.f.) amour（「爱情」）。*amor* 在古法文中为阴性名词，所以之后的形容词 *douce*、*senee* 也都是阴性单数的形式与之配合。

[40] *senee* : (adj.) secrète（「秘密的」）。*Senee* 为阴性单数的形式，其阳性单数的形式为 *sené*，原意为「谨慎的」(prudent)、「理智的」(sage) 意思。

古法文原文	现代法文译文	中文译文
Que fors[41] aus[42] ne le sot riens nee[43].	Si bien que nul n'en sut rien, sauf eux.	所以除了他们自己之外旁人一无所知。
Li chevaliers fu biaus et cointes[44],	Le chevalier était beau et courtois,	骑士外表英俊潇洒，举止谈吐温文尔雅，
Et par sa valor fu acointes[45]	Et à cause de ses qualités il avait été admis	因为这些优点使得他被纳入
45 Du duc [46] qui Borgoingne tenoit ;	Dans le cercle des intimes du duc de Bourgogne,	为勃艮第公爵的入幕之宾。
Et sovent aloit et venoit	Il allait fréquemment	他频繁穿梭于
A la cort[47], et tant i ala	À la cour, il s'y rendit si souvent	宫廷中，出入次数多到

---

[41] *fors* : (prép.) sauf, excepté (「除了」)。

[42] *Aus* : (pronom tonique) eux (「他们」)。

[43] *riens nee* : aucune créature, personne, nul être vivant (「没有人」)。*Nee* 源自于拉丁文 *nata*，在古法文中为阴性名词，意思为「人」、「创造物」(créature)。

[44] *cointes* : (adj.) gentil, aimable, courtois, élégant (「优雅的」、「和蔼的」、「谦恭的」)。*cointes* 源自于拉丁文 *cognitus*，此处为第一类阳性正格单数的形式。

[45] *acointes* : (n.m.) familier, ami (「亲信」、「朋友」、「知交」)。

[46] *duc* : (n.m.) duc (「公爵」)。*Duc* (*lat.* ducem) 此处为第一类阳性名词偏格单数的形式。

[47] *cort* : (n.f.) cour (「宫廷」)。*cort* 属于第二类阴性名词变格，此处为偏格单数的形式。

古法文原文	现代法文译文	中文译文
Que la duchoise [48] l'enama [49]	Que la duchesse s'éprit de lui	公爵夫人开始心悦于他,
Et li fist tel samblant d'amors	Et lui fit de telles marques de son amour	并且对他明显示爱,
50　Que, s'il n'eüst le cuer aillors,	Que, s'il n'avait eu le cœur ailleurs,	倘若不是他已心系他处,
Bien se peüst apercevoir	Il aurait bien pu s'apercevoir,	按照夫人的示意，他本该早已察觉
Par samblant que l'amast por voir [50].	aux signes qu'elle donnait, qu'elle l'aimait vraiment.	公爵夫人真心实意地爱着他。
Més, quel samblant qu'el en feïst,	Mais, quelle marque qu'elle lui en donnât,	但是无论夫人如何向骑士示爱,
Li chevaliers samblant n'en fist	Le chevalier ne manifesta pas	他都没有流露出
55　Que poi ne grant [51] s'aperceüst	Qu'il avait remarqué peu ou prou	稍微注意到

---

[48] *duchoise* : (n.f.) duchesse（「公爵夫人」）。*Duchoise* 一词在此处为第一类阴性名词正格单数的形式。

[49] *enama* : (ind. passé simple) s'éprit de, se mit à aimer（「爱上」、「倾心于」）。*Enama* 为动词 *enamer* 的直陈式简单过去时 p3 的形式。

[50] *por voir* : vraiment（「真正地」、「确实地」）。

[51] *poi ne grant* : tant soit peu, ni peu ni beaucoup（「稍微」、「一丁点」）。

古法文原文	现代法文译文	中文译文
Qu'ele vers lui amor[52] eüst,	L'amour qu'elle éprouvait envers lui.	夫人对他的爱意。
Et tant qu'ele en ot grant anui[53],	Elle en fut tellement marrie	夫人为此抑郁苦恼不已，
Qu'ele parla .i. jor a lui	Qu'un jour elle lui adressa la parole	直到有一天她对骑士说了
Et mist a reson par moz teus[54] :	Et lui dit comme voici :	以下的话语：
60 « Sire, vous estes biaus[55] et preus[56],	« Seigneur, vous êtes beau et valeureux,	「大人，您相貌堂堂又英勇睿智，
Ce dient tuit, la Dieu merci,	Tous le disent, Dieu merci !	所有人都这么说，上帝垂怜！
Si averiez bien deservi[57]	Vous auriez bien mérité	您完全可以值得
D'avoir amie en si haut leu[58]	D'avoir une amie si haut placée,	拥有一位地位极其崇高的爱人，

---

[52] 手稿中的原文为 Que il vers li amor 。

[53] *anui* : (n.m.) ennui, chagrin（「忧伤」、「忧愁」、「苦恼」）。

[54] *mist a reson par moz teus* : adressa la parole, entra en conversation avec de tels mots（「说这样的话」）。

[55] *biaus* :（adj.）beau（「英俊潇洒」）。*biaus* 源自于拉丁文 *bellus*，是古皮卡第方言 (ancien picard) 中的第一类形容词阳性正格单数（CS sing.）之变格形式。

[56] *preus* : (adj.) valeureux, sage（「英勇的」、「睿智的」）。

[57] *deservi* : (participe passé) mérité（「配得上」、「值得」）。

[58] *en haut leu* : en haut lieu（「位居高位」、「地位崇高」）。

古法文原文	现代法文译文	中文译文
Qu'en eüssiez honor et preu[59],	Que vous en auriez honneur et profit,	这样您可以因此获得荣耀与利益，
65　Que bien vous serroit[60] tele amie.	Une telle amie vous conviendrait bien.	一位像这样的爱人很适合您。」
— Ma dame, fet il, je n'ai mie	— Madame, dit-il, je n'y ai pas	骑士答道：「夫人，在下还未曾
Encore a ce mise m'entente[61].	Encore songé.	有此打算。」
— Par foi, dist ele, longue atente	— Ma foi, dit-elle, trop attendre	夫人说道：「老实说，依我所见，
[6d]　Vous porroit[62] nuire, ce m'est vis[63],	Pourrait vous nuire, à mon avis,	过久的等待会让您陷于不利之境地，
70　Si lo[64] que vous soiez amis	Aussi je vous conseille de chercher l'amitié	所以我建议您在高门贵胄中找寻

---

[59] *preu* : (n.m.) profit（「利益」、「好处」）。

[60] *serroit* : (cond. prés.) conviendrait（「适合」）。*Serroit* 为动词 *seoir* 的条件式现在时 p3 的形式。

[61] *entente* : (n.f.) intention, désir, pensée（「意愿」、「想法」、「念头」）。

[62] *porroit* : (cond. prés.) pourrait（「会」、「能够」）。*porroit* 为动词 *pooir* 的条件式现在时 p3 的形式。

[63] *ce m'est vis* : il me semble, je crois, à mon avis（「依我所见」、「我认为」、「在我看来」）。*Vis* 在古法文中原意为「脸」(visage)，此处为其抽象的的意思，意即「意见」(avis)、「想法」(opinion)。

[64] *lo* : (ind. prés.) je conseille（「我建议」）。*Lo* 为动词 *loer* 的直陈式现在时 p1 之形式。

古法文原文	现代法文译文	中文译文
En .i. haut leu, se vous veez[65]	En haut lieu, si vous voyez	爱人，假如您查觉到
Que vous i soiez bien amez. »	Que l'on vous y aime bien. »	那里有人爱着您的话。」
Cil respont : « Ma dame, par foi,	Il répond : « Madame, par ma foi,	骑士回答：「夫人，老实说，
Je ne sai [66]mie bien por qoi	Je ne comprends pas très bien pour quelle raison	在下没有听很懂您为何
75　Vous le dites ne que ce monte ;	Vous le dites, ni à quoi tendent vos propos,	说这些话和这些话想表达的意思，
Ne je ne sui[67] ne duc ne conte[68]	Je ne suis ni duc ni comte,	在下既非公爵亦非伯爵，
Qui si hautement amer doie[69]	Pour pouvoir prétendre à aimer en si haut lieu,	可以在高门中追求爱情，

---

[65] *veez* : (ind. prés.) vous voyez（「您查觉到」）。*veez* 为动词 *veoir* 的直陈式现在时 p5 形式。

[66] *sai* : (ind. prés.) je sais （「我知道」、「我知晓」）。*sai* 为动词 *savoir* 的直陈式现在时 p1 形式。

[67] *sui* : (ind. prés.) je suis （「我是」）。*sui* 为动词 *estre* 的直陈式现在时 p1 形式。

[68] *conte* : (n.m.) comte（「伯爵」）。*Conte* 源自于拉丁文 *comitem*，此处为第三类阳性名词偏格单数的形式。*Conte* 和前一个阳性名词 *duc* 一样，在句中扮演主词 je 的表语 (attribut du sujet) 功能，原本我们期待的是正格单数 *cuens* 的形式，然而有些手稿中也会使用偏格形式，此手稿便是一例。

[69] *doie* : (subj. prés.) doive, puisse（「应当」、「可以」）。*doie* 为动词 *devoir* 的虚拟式现在时 p3 的形式。

古法文原文	现代法文译文	中文译文
Ne je ne sui mie a .ii. doie	Je ne suis pas à deux doigts	就算在下倾尽全力追寻，
D [70] 'amer dame si souveraine[71],	D'aimer une dame de si noble condition,	爱慕一位如此高贵身分的贵族夫人
80 Se je bien i metoie paine.	Même pas si j'y mettais tous mes efforts.	对在下来说并非触手可及之事。」
— Si estes, fet el[72], se devient[73] ;	— Vous l'êtes, dit-elle, peut-être ;	夫人答道：「也许您就只差一步之遥而已。
Mainte plus grant merveille avient[74]	Il arrive mainte merveille plus grande,	现在正在发生许多更为奇特的事件，

---

[70] *a deus doie de* : à deux doigts de (「离……很近」)。*Doie* 为阴性名词，源自于拉丁文 *digita*，可以理解为一种复数形式或是为集合名词概念，为长度单位 (mesure de longueur)，意思为「指宽」，指头在古代被视为长度测量单位。所以此处的 *a deus doie* 直译为「距离两指头宽处」，意即「距离很近」。

[71] *souveraine* : (adj.) haut placée (「位阶高的」)。

[72] *el* : (pron. personnel) elle (「她」)。

[73] *se devient* : peut-être (「可能」、「也许」)。*Devient* 为非人称动词 (verbe impersonnel) *devenir* 的直陈式现在时 p3 之形式，在古法文中的意思为「发生」(arriver, se produire)、「可能」(être possible)，*se devient* 直译的意思为「假如这件事发生的话」。

[74] *avient* : (ind. prés.) arrive (「发生」)。*avient* 为非人称动词 *avenir* (v. impersonnel) 的直陈式现在时 p3 之形式。

古法文原文	现代法文译文	中文译文
Et autele [75] avendra [76] encore.	Et il en arrivera encore d'autres.	以后也还会发生其他的奇闻异事。
Dites moi se vous savez ore	Dites-moi si vous savez maintenant	告诉我您是否现在知晓
85 Se je vous ai m'amor donee,	Que je vous ai donné mon amour,	我心悦于您，
Qui sui haute dame honoree. »	Moi qui suis une haute dame honorée. »	我可是一位地位崇高又备受尊敬的夫人呢。」
Et cil respont isnel le pas[77] :	Le chevalier répond aussitôt :	骑士立即答道：
« Ma dame, je ne le sai pas ;	« Madame, je ne le sais pas,	「夫人，在下并不知情，
Més je voudroie vostre amor	Mais je voudrais avoir votre amour	但是在下是想以襟怀坦白的方式得到您的青睐，
90 Avoir par bien et par honor[78] ;	En tout bien tout honneur ;	得到您的青睐，

---

[75] *autele* : (n.f.) autre（「其他的（奇事）」）。

[76] *avendra* : (ind. fut.) arrivera, adviendra（「发生」）。*avendra* 为非人称动词 (verbe impersonnel) *avenir* 的直陈式简单未来时 p3 之形式。

[77] *isnel le pas* : (loc. adv.) aussitôt, immédiatement（「立刻」、「马上」）。*Isnel* 为形容词，意即「迅速的」、「敏捷的」；而副词词组 *isnel le pas* 直译为「快步」(le pas rapide)，所以意思为「立刻」、「快速地」。

[78] *par bien et par honor* : en tout bien tout honneur（「胸怀坦荡的」、「光明磊落的」）。

古法文原文	现代法文译文	中文译文
Més de cele amor Diex me gart[79]	Mais Dieu me garde d'un amour	只是天主让我抵拒这份爱情，
Qu'a moi n'a vous tort[80] cele part	Qui pourrait nous entraîner, vous et moi,	它会引导您和在下我
Ou la honte mon seignor gise[81],	À causer le déshonneur de mon seigneur,	朝着给我的主公招来耻辱的方向走去。
Qu'a nul fuer[82] ne a nule guise[83]	Car à aucun prix ni en aucune façon,	因为无论以任何代价或任何方式，
95　N'enprendroie[84] tel mesprison[85]	Je ne commettrais une telle faute,	在下都不愿意对我的正统主公
Com de fere tel desreson[86],	Une folie	犯下这样的一个错误，

---

[79] *gart* : (subj. prés.) garde (「保护……免于」、「防止」)。*gart* 为动词 *garder* 的的虚拟式现在时 p3 之形式。

[80] *tort* : (subj. prés.) tourne (「转向」)。*Tort* 为动词 *torner* 的虚拟式现在时 p3 之形式。

[81] *gise* : (subj. prés.) se trouve, réside (「存在有」、「有」)。*gise* 为动词 *gesir* 的虚拟式现在时 p3 之形式。

[82] *a nul fuer* : à aucun prix, en aucune manière (「无论如何」、「无论任何代价」)。*Fuer* 为阳性名词，源自于拉丁文的 *forum*，原意为「市场」(marché)，古法文中的意思为「价格」(prix)、「费率」(tarif)。

[83] *a nule guise* : en aucune façon (「无论任何方式」、「无论如何」)。*Guise* 源自于法兰克语 **wisa*，德文的 *weise*，古法文的意思为「方式」、「方法」。

[84] *enprendroie* : (cond. prés.) j'entreprendrais, je m'engagerais dans (「进行」、「从事」)。

[85] *mesprison* : (n.f.) faute, erreur (「错误」、「过失」)。

[86] *desreson* : (n.f.) folie (「荒唐事」、「蠢事」)。

古法文原文	现代法文译文	中文译文
Si vilaine [87] et si desloial[88],	Aussi vilaine et aussi déloyale,	一个如此卑鄙下作
Vers mon droit [89] seignor natural[90] !	Envers mon seigneur légitime ! »	又不忠诚的荒唐行为! 」
— Ha ! fet cele, qui fu marie,	— Eh donc ! fait-elle, qui fut irritée,	公爵夫人恼羞成怒说道: 「唉哟!
100 Dans musars[91], et qui vous en prie ?	Sire sot, et qui vous le demande ?	呆子阁下，谁给您的权力这么和我说话? 」
— Ha ! ma dame, por Dieu merci,	— Ha ! Madame, Dieu merci,	「啊! 夫人，天主垂怜，
Bien le sai, més tant vous en di. »	Je le sais bien, mais je tiens à vous le dire. »	在下深知冒犯了，但是在下还是要说出来。 」

---

[87] *vilaine* : (adj.) vilaine, ignoble (「卑鄙无耻的」、「不光彩的」)。*Vilaine* 为第一类形容词变格，此处修饰阴性名词 *desreson*。

[88] *desloial* : (adj.) déloyale (「不忠诚的」、「不光明正大的」)。*Desloial* (< *lat.* dislegalem) 此处修饰的是阴性名词 *desreson*，然而 *desloial* 属于第二类阴阳性同形的变格偏格单数的形式，所以并未有结尾 -e 的形式出现。

[89] *droit* : (adj.) légitime (「正当的」、「合法的」)。

[90] *natural* : (adj.) légitime (「正统的」、「合法的」)。

[91] *Dans musars* : (n.m.) sire le sot (「傻瓜大人」、「呆子阁下」)。*Dans* 为第一类阳性名词正格单数的形式，源自于拉丁文的 *dominus*，原意为 「主人」(maître)，常用于人名前表示尊称，此处等同于 「大人」、「阁下」(seigneur) 之意。*Musars* 此处亦是第一类阳性名词正格单数的形式，意思为 「傻子」(niais)、「蠢蛋」(sot)。

古法文原文	现代法文译文	中文译文
Cele ne tint a lui plus plait[92],	La duchesse ne lui parla pas davantage,	公爵夫人不再与他交谈，
Més grant corouz et grant deshait	Mais son cœur était rempli	但是她的心中却充满了
105 En ot au cuer, et si penssa,	De dépit et d'amertume, elle songea alors	忿恨与悲苦，随后她想着
S'ele puet, bien s'en vengera,	À se venger, si elle peut,	如果可以的话，她要复仇，
Si fu ele forment irie[93].	Car elle était très fâchée.	因为她非常恼怒。
La nuit, quant ele fut couchie	La nuit, quand elle fut couchée	夜晚时分，当她躺在
Jouste [94] le duc, a souspirer	Auprès du duc, elle se mit à	公爵身旁时便开始
110 Commença et puis a plorer.	Soupirer, puis à pleurer.	唉声叹气，接着哭了起来。
Et li dus [95] errant [96] li demande	Le duc lui demande aussitôt	公爵立刻询问他

---

[92] *plait* : (n.m.) parole, conversation (「说话」、「交谈」)。词组 *tint plait* 意思为「对话」、「交谈」，*tint* 为动词 *tenir* 的直陈式简单过去时 p3 的形式。

[93] *irie* : (adj.) fâchée, en colère, irritée (「生气的」、「恼火的」、「愤怒的」)。

[94] *Jouste* : (prép.) près de (「在……旁边」)。

[95] *dus* : (n.m.) duc (「公爵」)。*Dus* (< *lat.* dux) 为第一类阳性名词，此处为正格单数的形式，其偏格单数的形式为 *duc*。

[96] *errant* : (adv.) aussitôt, immédiatement (「立刻」、「马上」)。

古法文原文	现代法文译文	中文译文
Que c'est qu'ele a, et li commande	Ce qu'elle a, et lui ordonne	何以故，随后命她
Qu'ele li die [97] maintenant[98] :	Qu'elle le lui dise immédiatement :	立即告诉他缘由。
« Certes, dist ele, j'ai duel[99] grant	« Vraiment, dit-elle, je suis bien triste	公爵夫人说道：「的确，我因为
115 De ce que ne set nus hauz hom	De ce que les grands ne sachent pas	上位者不会分辨
Qui foi li porte ne qui non,	Qui est fidèle envers eux et qui ne l'est pas,	谁为忠臣和谁为奸臣而伤心不已，
Més plus de bien et d'onor font	Mais ils donnent plus de biens et d'honneur	他们还赏赐给那些背叛他们的人
A ceus qui lor trahitor sont.	À ceux qui les trahissent,	更多的财富与荣耀，
[7a] Et si ne s'en aperçoit nus.	et aucun d'eux ne s'en aperçoit.	而且还没有人察觉到。」
120 — Par foi, dame, fet soi li dus,	— Ma foi, Madame, répond le duc,	公爵答道：「老实说，夫人，

---

[97] *die* : (subj. prés.) dise (「说」、「讲」)。*die* 为动词 *dire* 的虚拟式现在时 p3 之形式。

[98] *maintenant* : (adv.) immédiatement, aussitôt, sur-le-champ (「立即」、「即刻」)。

[99] *duel* : (n.m.) douleur, affliction (「痛苦」、「悲伤」)。

古法文原文	现代法文译文	中文译文
Je ne sai por qoi v<u>ous</u> le dites ;	Je ne sais pas pourquoi vous le dites,	为夫不知夫人为何说这些，
Més de tel chose sui je quites[100],	Mais je suis à l'abri d'un tel reproche,	但是我与这种事情沾不上边，
qu'<u>a</u> nul fuer je ne nourriroie	Car à aucun prix, je ne garderais	因为无论如何，假如我知道是谁的话，
Trahitor [101], se je le savoie.	Un traître près de moi, si je le savais.	我是不会养一个叛徒在我身边的。」
125　— Haez [102] donc, dist ele, celui	— Haïssez donc, dit-elle, l'homme	公爵夫人说道：「您要厌恶那位
(Sel nomma) qui ne fina hui	(et elle le nomma) qui n'a cessé	（她说出骑士的名字）今天
De moi proier au lonc du jor	Tout au long de cette journée, de me prier	一整天不断向我祈求
Que je li donaisse [103] m'amor,	Que je lui accorde mon amour,	将我的爱赐于他的人，

---

[100] *quites*：(adj.) à l'abri de, libre（「不受……影响」、「不受约束的」）。

[101] *trahitor*：(n.m.) traître（「叛徒」、「变节者」）。*trahitor*（< *lat.* traditorem）属于第三类阳性名词变格的偏格单数形式，*traître* 的正格单数形式为 *trahitre*（< *lat.* traditor)。

[102] *Haez*：(imp. prés.) Haïssez（「厌恶」、「憎恶」）。*Haez* 为动词 *haïr* 的命令式现在时 p5 的形式。

[103] *donaisse*：(subj. impf.) je donnasse（「我给予」、「我允许」）。*donaisse* 为动词 *doner* 的虚拟式未完成过去时 p1 的形式。

古法文原文	现代法文译文	中文译文
Et me dist que molt a lonc tens[104]	Et il me dit que depuis bien longtemps	他和我说长久以来
130 Qu'il a esté en cest porpens[105] ;	Il y pense,	他一直有和我示爱的想法,
Oncques més ne le m'osa dire,	Et que jamais encore il n'osa me l'avouer.	然而至今都还不敢和我表露心迹。
Et je me porpenssai[106], biaus sire,	Et j'ai décidé aussitôt, cher seigneur,	我的好夫君，所以为妻我思忖再三决定立刻
Tantost que je le vous diroie.	Que je vous le dirais.	将此事告知于您。
Et si puet[107] estre chose vraie	Et c'est sans doute vrai	也许真的
135 Qu'il ait pieça a[108] ce penssé[109] :	Qu'il y pensé depuis longtemps,	他有这样的意图已经很久了,
De ce qu'il a aillors amé	Car, nous n'avons pas entendu dire	因为我们没听闻过

---

[104] *a lonc tens* : depuis longtemps (「已有很久」、「很久以来」)。

[105] *porpens* : (n.m.) pensée, projet, considération (「想法」、「计划」、「考虑」)。

[106] *je me porpenssai* : (ind. passé simple) je résolus, je décidai (「我决定」、「我下定决心」)。*Porpenssai* 为动词 *porpensser* 的直陈式简单过去时 p1 的形式。

[107] *puet* : (ind. prés.) peut (「可以」、「可能」)。*puet* 为动词 *pooir* 的直陈式现在时 p3 的形式。

[108] *pieça a* : depuis longtemps, depuis un moment (「已有很久的时间」、「已有一段时日」)。

[109] *penssé* : (n.m.) pensée (「想法」、「意图」)。

古法文原文	现代法文译文	中文译文
Novele oïe n'en avon[110].	qu'il ait aimé ailleurs,	他另有所爱，
Si vous requier en guerredon[111]	Je vous demande donc la grâce	所以我请求您费心
Que vostre honor si i gardoiz	De préserver votre honneur,	守护您的荣誉，
140 Com vous savez que il est droiz[112]. »	Comme vous savez qu'on doit le faire. »	因为您知道我们该如此做。」
Li dus, a cui samble molt grief[113],	Le duc, qui est fort triste,	十分悲伤痛苦的公爵
Li dist : « J'en vendrai bien a chief[114],	Lui dit : « Je tirerai bien la chose au clair,	对夫人说道：「为夫我认为
Et molt par tens[115], si com je cuit. »	Et très bientôt, je pense. »	很快地我就会把事情搞清楚。」

---

[110] *(Novele) oïe n' en avon* : (ind. passé composé) nous n'en avons pas entendu (「我们没听闻过这件事」)。*Avon oïe* 此处为动词 *oïr* 的直陈式复合过去时 p5 的动词变化形式，*oïe* 为过去分词阴性单数的形式，与位于其前的直接受词阴性名词 *novele* 性数配合 。

[111] *en guerredon* : comme faveur (「恩典」、「费心」、「作为回报」)。*Guerredon* 为第一类阳性名词偏格单数的形式，此词源自于佛拉蒙语 (flamand) *weder doon*，原意为「给予回报」(donner en retour)，在古法文里的意思是根据一个行为的好坏而演变为「奖赏」(récompense) 与「惩罚」(châtiment) 两种意思。

[112] *droiz* : (adj.) juste, légitime (「合理的」、「正当的」)。

[113] *grief* : (adj.) triste, douloureux, chagrin (「难过的」、「痛苦的」、「忧伤的」)。

[114] *J'en vendrai bien a chief* : j'en viendrai bien à bout (「我会做到这件事」、「我会完成这件事情」)。

[115] *par tens* : bientôt, dans un avenir proche (「不久」、「很快」)。

古法文原文	现代法文译文	中文译文
A malaise [116] fu cele nuit	Cette nuit le duc fut peu	这夜公爵心烦
145 Li dus, n'onques dormir ne pot[117]	À l'aise, et il ne put s'endormir un instant,	意乱，辗转无法入眠片刻，
Por le chevalier qu'il amot[118]	À cause du chevalier qu'il aimait,	因为他一直宠爱的骑士
Qu'il croit que il eüst mesfait[119]	Et qu'il soupçonnait d'avoir commis une faute :	现在被他断定有可能德行有过失，
Par droit que s'amor perdue ait,	Il a bien mérité de perdre son amitié.	那么他就活该失去公爵的友谊。
Et por ce toute nuit veilla.	C'est pourquoi il resta éveillé toute la nuit.	这是为何公爵彻夜未眠的原因。
150 L'endemain par matin[120] leva,	Le lendemain il se leva de très bonne heure,	翌日，公爵起了个大早，
Et fist celui a soi venir	Et fit venir celui	他命人把那位

---

[116] *malaise* : (n.m.) souci（「忧虑」、「不安」）。

[117] *pot* : (ind. passé simple) il put（「他无法」、「他不能」）。*Pot* 为动词 *pooir* 的直陈式简单过去时的 p3 形式。

[118] *amot* : (ind. impf.) il aimait（「他喜爱」、「他宠爱」）。*amot* 为动词 *amer* 的直陈式未完成过去时的 p3 形式。

[119] *il eüst mesfait* : (subj. plus-que-parfait) il eût commis une faute（「他犯错」、「他行为有过失」）。*eüst mesfait* 为动词 *mesfaire* 虚拟式愈过去时 p3 的形式，*mesfaire* 在古法文中的意思为「犯错」(commettre une faute)、「危害」(nuire)。

[120] *par matin* : de bonne heure（「早」、「一大早」）。

古法文原文	现代法文译文	中文译文
Que sa fame li fet haïr	Que sa femme lui fit haïr	没有犯下任何错误
Sanz ce que de rien ait mespris[121].	Sans qu'il ait commis la moindre faute.	但是他的夫人却要他厌憎的骑士叫了过来。
Maintenant l'a a reson mis	Aussitôt il lui adressa la parole	公爵立刻与骑士
155 Seul a seul, ne furent qu'aus .ii. :	En tête à tête, sans témoin.	在无外人的情况下，两人面对面地交谈起来。
« Certes, dist il, ce est granz deus[122]	« Vraiment, dit-il, c'est un grand malheur	公爵说道：「的确，这真是一件很可悲的事情，
Quant proesce[123] avez et beauté,	Que vous ayez la vaillance et la beauté,	爱卿您纵然英勇威猛又相貌不凡，
Et il n'a en vous leauté[124] !	Mais sans loyauté !	却无忠诚之心！
Si m'en avez molt deceü[125]	En cela vous m'avez fort trompé,	您骗得孤好苦，

---

[121] *ait mespris* : (subj. passé) il ait commis la faute, il ait mal agi (「他犯错」、「他行为不端」).

[122] *deus* : (n.m.) malheur, douleur (「痛苦」、「不幸」).

[123] *proesce* : (n.f.) vaillance (「骁勇」、「英勇」).

[124] *leauté* : (n.f.) loyauté, bonne foi (「忠诚」、「诚实」).

[125] *deceü* : (participe passé) trompé (「欺骗」、「使上当」).

古法文原文	现代法文译文	中文译文
160 Que j'ai molt longuement[126] creü	Car j'ai cru très longtemps	因为孤长久以来认为
que vous fussiez de bone foi[127]	Que vous étiez fidèle	您至少对孤一直是
Loiaus, a tout le mains[128] vers moi,	Et loyal, à tout le moins envers moi,	忠心耿耿、忠贞不渝，
Que j'ai vers vous amor eüe.	Car je vous ai aimé.	孤喜欢您。
Si ne sai dont vous est venue	Je ne sais pas d'où vous êtes venue	孤不知道您哪里生出的
165 Tel penssee et si trahitresse[129],	Une pensée si félonne	如此大逆不道的想法，
Que proïe[130] avez la duchesse	Que de prier et de requérir	竟然敢向
Et requise de druerie[131] ;	l'amour de la duchesse.	公爵夫人求爱。
Si avez fet grant tricherie[132],	Vous avez commis une grave trahison	您犯下了再也找不出更卑劣的

---

[126] *longuement* : (adv.) longtemps（「长久」、「很久」）。

[127] *de bone foi* : fidèle（「忠心耿耿」、「赤胆忠心」）。

[128] *a tout le mains* : à tout le moins, du moins, tout au moins（「至少」）。*Mains* 为现代法文 *moins* 的古法文拼写法之一，除了 *mains* 拼写法外，还可以在其他手稿中遇到 *moens*、*moiens*、*meins* 等。

[129] *trahitresse* : (adj.) félonne, scélérate（「不忠的」、「邪恶的」）。

[130] *proïe* : (participe passé féminin) priée（「请求」、「祈求」）。当过去分词位于受词之前时，在古法文中，过去分词常会提前与直接受词性数配合，此处的 *proïe* 便是阴性单数的过去分词形式，与直接受词 *la duchesse* 性数配合。

[131] *druerie* : (n.f.) amour, amitié, galanterie（「爱情」、「友谊」）。

[132] *tricherie* : (n.f.) tromperie, trahison（「欺骗」、「背信弃义」）。

古法文原文	现代法文译文	中文译文
[7b] Que plus vilaine n'estuet[133] querre !	Qu'il ne faut pas chercher plus ignoble !	严重背叛罪刑！
170　Issiez[134] errant hors de ma terre !	Quittez sur-le-champ mes terres !	立刻离开孤的领地！
Quar je vous en congié[135] sans doute	Car je vous en chasse sans recours,	孤判您驱逐出境，定案。
Et la vous vé [136] et desfent toute ;	Je vous en interdis et défends l'accès.	孤禁止您进入孤的领地
Se n'i entrez ne tant ne quant[137],	N'y entrez donc jamais plus,	永远不要再进入此处，
Que, se je dés ore en avant[138]	Car si, dorénavant,	因为，今后倘若
175　Vous i pooie fere prendre,	Je pouvais vous y faire prendre,	孤能在孤的领地内抓到您的话，
Sachiez, je vous feroie pendre ! »	Sachez que je vous ferais pendre ! »	要知道孤会命人将你绞死。」

---

[133] *estuet* : (ind. prés.) il faut (「应该」)。*Estuet* 为动词 *estovoir* 的直陈式现在时 p3 的形式。

[134] *Issiez* : (imp.) sortez, quittez (「离开」、「出去」)。*Issiez* 为动词 *issir* (< *lat.* exire) 的命令式现在时 p5 的形式。

[135] *congié* : (ind. prés.) je bannis, je chasse (「驱逐出境」、「驱离」)。*congié* 为动词 *congedier/ congier* (< *lat.* *commeatare) 的直陈式现在时 p1 的形式。

[136] *vé* : (ind. prés.) j'interdis, je défends (「我禁止」、「我不许」)。*vé* 为动词 *veer* (< *lat.* vetare) 的直陈式现在时 p1 的形式。

[137] *ne…ne tant ne quant* : ne…jamais plus, d'aucune façon (「再也不」、「无论如何」)。

[138] *dés ore en avant* : dorénavant (「今后」、「从此以后」)。

古法文原文	现代法文译文	中文译文
Quant li chevaliers ce entent,	Quand le chevalier entend ces paroles,	当骑士听到这番话时，
D'ire et de mautalent[139] esprent[140]	Il brûle d'irritation et de colère	怒火中烧，
Si que[141] tuit li tramblent si membre,	Au point qu'il tremble de tous ses membres,	他愤怒到全身的四肢都在颤抖，
180 Que de s'amie li remembre[142]	Car il se souvient de son amie,	因为他想到他的爱人，
Dont il set qu'il ne puet joïr	Dont il sait qu'il ne peut jouir	假如他无法自由来去
Se n'est par aler et venir[143]	S'il ne peut aller et venir librement,	以及停留在这个公爵
Et par reperier [144] ou païs	Et séjourner dans le pays	欲将其驱逐出去的地区的话，
Dont li dus vout [145] qu'il fust eschis[146] ;	D'où le duc veut le bannir,	他就不能陪伴在他的爱人身边了。

---

[139] *mautalent* : (n.m.) irritation, colère, dépit (「愤怒」、「恼怒」)。

[140] *esprent* : (ind. prés.) il brûle de, il est enflammé de (「被某种情绪所吞噬」)。*esprent* 为动词 *esprendre* 的直陈式现在时 p3 的形式。

[141] *Si que* : si bien que (「以至于」、「因而」)。

[142] *li remembre de* : (ind. prés.) il se souvient de (「想起」、「记起」)。*remembre* 为非人称动词 (v. impers.) 的直陈式现在时 p3 的形式。

[143] 手稿中的原文为 *et veïr*。

[144] *reperier* : (inf.) séjourner, habiter (「停留」、「居住」)。

[145] *vout* : (ind. prés.) veut (「想要」、「欲」)。*vout* 为动词 *voloir* 的直陈式现在时 p3 的形式。

[146] *eschis* : (adj.) banni, exclu, exilé (「被驱逐」、「被流放」)。

古法文原文	现代法文译文	中文译文
185 Et d'autre part[147] li fet molt mal	D'autre part, il lui est bien dur	而且他的主公还没来由地
Ce qu'a trahitor desloial	Que son seigneur le tienne, à tort,	把他看作不忠不义的叛徒,
Le tient ses sires, et a tort[148] ;	Pour un traître déloyal.	这让他十分难过。
Si est en si grant desconfort[149]	Son désespoir est si grand	骑士如此地沮丧,
Qu'a mort se tient et a trahi.	Qu'il se croit trahi à mort.	是以他认为自己被狠狠地背叛了。
190 « Sire, fet il, por Dieu merci,	« Seigneur, fait-il, pour l'amour de Dieu,	骑士说道：「主公，天主垂怜，
Ne creez ja ne ne penssez	Ne croyez ni pensez	您该不会以为
Que je fusse onques si osez[150].	Que j'aie jamais été si audacieux.	臣会如此胆大包天吧!
Ce que metez a tort seure	Ce dont vous m'accusez à tort,	主公无缘由地指控臣的罪状,

---

[147] *d'autre part* : d'autre part, en outre (「此外」、「而且」)。*part* 为第二类阴性名词偏格单数的形式，意思为「部分」(part)、「方面」(côté)。

[148] *a tort* : à tort, injustement, sans raison (「错误地」、「不公正地」、「毫无来由地」)。*Tort* 为第一类阳性名词偏格单数的形式。

[149] *desconfort* : (n.m.) désespoir, découragement, détresse (「失望」、「痛苦」)。

[150] *osez* : (adj.) hardi, audacieux (「大胆的」、「放肆的」)。*Osez* 为动词 *oser* 的过去分词阳性正格单数形式，此处当形容词用。

古法文原文	现代法文译文	中文译文
Je ne penssai[151] ne jor ne eure,	Je n'y ai jamais songé,	臣从未曾有过片刻想要背叛主公的意思，
195 s'a mal fet qui le vous a dit.	Celui qui vous l'a dit a mal agi.	和您乱嚼舌根的那个人行径很是恶劣。」
— Ne vous vaut riens li escondit[152],	— Inutile de chercher des excuses,	公爵答道：「别找托辞了，
Fet li dus, ne point n'en i a :	Dit le duc, car il n'y a aucune excuse.	因为根本没有任何借口可言。
Cele meïsme conté m'a	C'est la duchesse elle-même qui m'a raconté	公爵夫人本人亲口对我说
En quel maniere et en quel guise[153]	En quelle manière	您是如何
200 Vous l'avez proïe et requise	Vous l'avez priée et sollicitée	像一个觊觎美色的叛徒一般
Comme trahitres[154] envious[155] ;	Comme un traître plein de convoitise ;	向她求爱，

---

[151] 手稿中的原文为 ne ne penssai。

[152] *escondit* : (n.m.) excuse, refus, démenti (「借口」、「托辞」、「否认」)。

[153] *guise* : (n.f.) manière, façon, sorte (「方式」、「方法」)。

[154] *trahitres* : (n.m.) traître (「叛徒」)。*trahitres* 是属于第三类阳性名词变格的正格单数形式，原本的变格形式并没有 -s 词尾的 *trahitre*，因为相对应的拉丁文主格的形式 *traditor* 本身就没有带有 -s 词尾，之后被第一类阳性名词同化后，也在正格单数变格时加上词尾 -s。

[155] *envious* : (adj.) cupide, convoiteux (「贪婪的」、「羡慕的」)。

古法文原文	现代法文译文	中文译文
<u>E</u>t tel chose deïstes vous,	Et peut-être avez-vous dit	也许您还说了一些
Peut estre, dont ele se test[156].	Des propos qu'elle préfère se taire.	她闭口不谈的话语。」
— Ma dame a dit ce <u>que</u> li plest,	— Ma dame dit ce qu'il lui plaît,	十分伤心的骑士说道:
205 Fet il, qui m<u>o</u>lt estoit mariz[157].	Dit le chevalier, qui était très affligé.	「那是夫人随意说出来的话。」
— Ne v<u>ou</u>s vaut rie<u>n</u>s li escondiz.	— Il ne sert à rien de démentir.	公爵道: 「别再否认了。」
— Riens ne m'i vaut que j'en deïsse[158]	— Toute parole est vaine,	骑士说道: 「我说的话语都徒劳无用,
Si[159] ce n'est riens que je n'en feïsse[160]	Pourtant, il n'est rien que je ne fasse	然而, 只要有人相信我,
<u>Par</u> si <u>que</u>[161] j'en fusse creü,	Pour être cru,	没有什么事我不愿去做,

---

[156] *se test* : (ind. prés.) se tait (「不作声」、「缄默不语」)。*se test* 为自反代动词 *soi taire/ soi tere* 的直陈式现在时 p3 的形式。

[157] *mariz* : (adj.) affligé (「痛苦的」、「悲伤的」)。

[158] *deïsse* : (subj. impf.) disse (「说」、「讲」)。*deïsse* 为动词 *dire* 的虚拟式未完成过去时 p3 的形式。

[159] *Si* : (adv.) néanmoins, pourtant (「然而」、「可是」)。

[160] *feïsse* : (subj. impf.) fisse (「做」、「实行」)。*feïsse* 为动词 *faire* 的虚拟式未完成过去时 p1 的形式。

[161] *Par si que* : à condition que, pourvu que (「只要」、「只需」)。

古法文原文	现代法文译文	中文译文
210 Quar de ce n'i a riens eü,	Car rien de tout cela n'a eu lieu.	因为这一切都没有发生过。」
[— Si a, ce dist li dus, par m'ame »	— Si, sur mon âme», réplique le duc,	公爵答道：「孤以自己的灵魂担保，不可能。」
A cui il souvient de sa fame,	Qui se souvient des propos de sa femme,	公爵想起了妻子的话语，
Car bien cuidoit[162] por voir savoir	Car il pensait être bien certain	因为他一直很确信
Que sa fame li deïst[163] voir[164]	Que sa femme lui disait la vérité :	妻子对他说的都是实话：
215 C'onques n'oï[165] que on parlast	Jamais on n'avait entendu dire	从没有人听说过

---

[162] *cuidoit* : (ind. impf.) imaginait, pensait, croyait (「认为」、「想象」)。*cuidoit* 为动词直陈式未完成过成时 p3 的形式。*cuidier* 在古法文中常常强调说话者自身的想法并不可靠，只是出于说话者自己一厢情愿的想象，所以后面跟随的附属子句中的动词要使用虚拟式。

[163] *deïst* : (subj. impf.) dît (「说」、「讲」)。*deïst* 为动词 *dire* 的虚拟式未完成过去时 p3 的形式。

[164] *voir* : (n.m.) vrai, vérité (「事实」、「实话」)。

[165] *oï* : (ind. passé simple) entendit (「听闻」、「听见」)。*oï* 为动词 *oïr* 的直陈式简单过去时 p3 的形式。

古法文原文	现代法文译文	中文译文
Que cil en autre lieu amast][166]	Que le chevalier aimait une autre femme.	骑士爱慕着另外一个女人。
Dont dist li dus au chevalier :	Alors le duc dit au chevalier :	于是公爵对骑士说道：
« Se vous le volez fiancier[167]	« Si vous voulez me promettre	「假如您以忠诚的誓言
Par vostre leal [168] serment,	Par votre serment loyal	向孤保证
220　Que vous me direz leaument[169]	Que vous me direz loyalement	您会开诚布公地告诉孤
Ce que je vous demanderoie,	Ce que je vous demanderais,	将要询问您之事。
Par vostre dit certains seroie	D'après votre réponse, je saurais de façon sûre,	根据您的回答，孤可以确切地知道
Se vous avriiez fet ou non	Si vous avez fait ou non	您是否有犯下

---

[166] 由方括号标示的 211 至 216 行诗在手稿 C 中被手抄员遗漏，此处将其还原之。动词 *parlast*、*amast* 分别为动词 *parler* 与 *amer* 的虚拟式未完成过去时 p3 的形式。

[167] *fiancier* : (inf.) promettre, jurer, assurer（「承诺」、「保证」、「发誓」）。

[168] *leal* : (adj.) loyal（「忠诚的」、「诚实的」、「光明正大的」）。*Leal* 为第二类阴阳性同型态的形容词，此处为偏格单数的形式，修饰阳性名词 *serment*。

[169] *leaument* : (adv.) loyalement（「忠诚地」、「正大光明地」）。

古法文原文	现代法文译文	中文译文
Ce dont j'ai vers vous soupeçon[170]. »	Ce dont je vous soupçonne. »	孤所怀疑的罪刑。」
225 [7c] Cil qui tout covoite[171] et desire	Le chevalier, qui aspire	由于骑士殷切盼望
A geter[172] son seignor de l'ire	À délivrer son seigneur de la colère	他的主公能从对他的
Qu'il a envers lui sanz deserte[173],	Imméritée qu'il a contre lui,	不公正愤怒中释放出来，
Et qui redoute cele perte	Et qui redoute le malheur	还有他也害怕
Comme de guerpir[174] la contree	De devoir quitter le pays	自己不幸得离开他最心爱之人
230 Ou cele est qui plus li agree[175],	Où se trouve celle qui lui plaît le plus ;	所居住的地区，

---

[170] *soupeçon* : (ind. prés.) je soupçonne (「我怀疑」、「臆测」)。*Soupeçon* 为动词 *sou(s)peçoner* 的直陈式现在时 p1 的形式。

[171] *covoite* : (ind. prés.) convoite, désire (「渴望」、「殷切期望」)。*covoite* 为动词 *covoiter* 的直陈式现在时 p3 的形式。

[172] *geter* : (inf.) tirer, délivrer (「使摆脱」、「使脱离」)。

[173] *sanz deserte* : sans l'avoir mérité (「不应得的」、「不公平的」、「委屈」、「冤枉」)。*deserte* 为第一类阴性名词偏格单数的形式，意思为「值得」、「应得」(mérite)。

[174] *guerpir* : (inf.) quitter, abandonner (「离开」、「舍弃」)。

[175] *agree* : (ind. prés.) plaît (「钟意」、「喜爱」)。*agree* 为动词 *agreer* 的直陈式现在时 p3 的形式。

古法文原文	现代法文译文	中文译文
Respont qu'il tout sanz contredit[176]	Répond qu'il fera sans s'y opposer en rien	所以他答应公爵他会毫无异议地做
Fera ce que li dus a dit,	tout ce que le duc lui a dit ;	任何公爵要求他的事情，
Qu'il ne pensse ne ne regarde	en effet, il ne devine pas	事实上他并未猜到
De ce dont li dus se prent garde[177],	Ce qui préoccupe le duc.	公爵的心思。
235　Ne torment[178] ne le lest[179] pensser	La détresse l'empêche de deviner	心绪如麻的煎熬状态让他无法揣测
Ce que li dus veut demander,	Ce que le duc veut lui demander,	公爵希冀他做之事的深意，
De riens fors de cele proiere[180].	et ne voit rien que cette demande qu'il lui impose.	他只知道公爵提出的这个要求。

---

[176] *sanz contredit* : sans opposition, sans s'y opposer (「无异议地」、「无反对地」)。*contredit* 为第一类阳性名词偏格单数的形式，意思为「反驳」(contradiction)、「反对」(opposition)。

[177] *se prent garde* : préoccupe (「使忧虑」、「使操心」)。*garde* 为第一类阴性名词偏格单数的形式，意思为「当心」(attention)、「提防」(précaution)。*prent* 为动词 *prendre* 的直陈式现在时 p3 的形式。

[178] *torment* : (n.m.) tourment, détresse (「忧愁」、「悲苦」)。

[179] *lest* : (ind. prés.) laisse (「让」、「使」)。*lest* 为动词 *laier/ laissier* 的直陈式现在时 p3 的形式。

[180] *proiere* : (n.f.) prière, demande, exigence (「请求」、「要求」)。

古法文原文	现代法文译文	中文译文
Le serment en tel maniere	Il prêta serment dans les termes requis,	他按照公爵要求的方式发了誓，
L'en fist, li dus la foi en prist.	Et le duc reçut sa foi,	公爵接受了他的忠诚宣誓之后
240　Et li dus maintenant li dist :	Et lui dit aussitôt :	便立刻和骑士说道：
« Sachiez par fine verité[181]	« Sachez-le, en toute sincérité,	「孤真心实意地想要您知道，
Que ce que je vous ai amé	Le fait que je vous ai aimé	孤直到现在都还
Ça en arriere[182] de fin cuer[183]	Jusqu'à présent de bon cœur	由衷地喜欢您，
Ne me lesse[184] croire a nul fuer	M'interdit, quoi qu'on fasse, de croire	这份喜爱让我无论如何也无法相信
245　De vous[185] tel mesfet ne tel honte	Que vous ayez commis un crime aussi honteux	您会犯下如同公爵夫人
Comme la duchoise me conte ;	Que le rapporte la duchesse ;	像我讲述地如此可耻之行径，

---

[181] *par fine verité* : en pure vérité, en toute sincérité（「的确」、「诚心地」）。

[182] *Ça en arriere* : jusqu'à présent jour（「直到现在」、「直至今日」）。

[183] *de fin cuer* : du fond du cœur, de bon cœur（「打从心底」、「由衷地」）。

[184] *lesse* : (ind. prés.) laisse, permet（「让」、「允许」）。*lesse* 为动词 *lessier/ laissier* 的直陈式现在时 p3 的形式。

[185] 手稿中的原文为 *Que vous*。

古法文原文	现代法文译文	中文译文
Ne ta<u>nt</u> ne la tenisse a voire,	Je ne la tiendrais pas tant pour véridique,	孤是不会把夫人的话太当真的，
Se ce ne le me feïst croire	Si je n'étais pas porté à croire ses paroles	假如不是因为观察您的行为举止、
<u>Et</u> me meïst en gra<u>nt</u> doutance	Et à éprouver un grand doute	您的打扮讲究以及其他的小细节，
250 Que j'esgart [186] vostre <u>contenance</u>[187]	En regardant votre comportement,	从而可以猜测出
<u>Et</u> de cointise [188] <u>et</u> d'autre rien,	Votre élégance et d'autres petits riens,	您应该在某处另有心仪之人，
A qoi l'en puet savoir m<u>o</u>lt bien	On reconnaît fort bien	孤也不会倾向于相信夫人她的话语，
Que vous amez[189], ou <u>qu</u>e ce soit ;	Que vous aimez quelque part ;	并且产生很大的疑惑。

---

[186] *j'esgart* : (ind. prés.) j'examine, je regarde, je vois（「我观察」、「我看到」）。*Esgart* 为动词 *esgarder* 的直陈式现在时 p1 的形式。

[187] *contenance* : (n.f.) comportement（「行为」、「举止」）。

[188] *cointise* : (n.f.) élégance, coquetterie（「细致」、「打扮考究」）。

[189] *amez* : (ind. prés.) vous aimez（「您有心仪之人」）。*amez* 为动词 *amer* 的直陈式现在时 p5 形式。

古法文原文	现代法文译文	中文译文
Et quant d'aillors ne s'aperçoit	Et puisque d'ailleurs personne ne voit	再者，由于没有人见过
255 Nus qu'amez damoisele ou dame,	Demoiselle ou dame que vous aimez,	您所心仪之小姐或夫人，
Je me pens[190] que ce soit ma fame,	Je me dis que ce peut être ma femme,	孤就会猜想您的心仪之人有可能是我的夫人，
Qui me dist que vous la proiez	Qui me dit que vous la priez d'amour.	因为她和孤说过您向她求过爱。
Si ne puis estre desvoiez[191],	Et rien ne pourra me détourner	无论您做出多少努力
Pour rien que nus m'en puisse fere,	De l'idée qu'il en est ainsi,	都无法改变我
260 Que je croi qu'ainsi soit l'afere,	En dépit de tous vos efforts,	对此事的既定想法，
Se vous ne me dites qu'aillors	Si vous ne me dites pas que	假如您都不告诉我
Amez en tel leu par amors,	Vous aimez une autre dame d'amour vrai,	您在某处另有真心爱慕之女子，
Que m'en lessiez sanz nule doute	Et que vous me fassiez connaître	还有您得让孤知晓

---

[190] *Je me pens* : (ind. prés.) je me dis (「我寻思着」、「我思量着」)。*pens* 为动词 *pens(s)er* 的直陈式现在时 p1 的形式。

[191] *desvoiez* : (participe passé) détourné (「改变」、「转变」)。

古法文原文	现代法文译文	中文译文
Savoir en la verité toute	Toute la vérité sans laisser le moindre doute.	所有事情的真相，不得留下任何一点疑虑。
265 Et se ce fere ne volez,	Et si vous ne voulez pas le faire,	倘若您不愿意照做的话，
Comme parjurs[192] vous en alez	Quittez ma terre	那么就像一个违背誓言的人一般，
Hors de ma terre, sanz deloi[193] ! »	Sans délai, comme parjure ! »	立刻离开孤的领地！」
Cil ne set nul conseil de soi,	Le chevalier ne sait pas que faire,	骑士惊慌失措，
Que le geu a parti[194] si fort	Car l'alternative est si dure	由于二择一的情势让他陷入极度两难的困境，
270 Que l'un et l'autre tient a mort :	Qu'il tient les deux partis pour mortels.	是以他认为两种抉择的结果都是必死无疑。
Quar, s'il dit la verité pure,	En effet, s'il dit la pure vérité,	因为假如他和盘说出实情的话，

---

[192] *parjurs* : (n.m.) parjure (「发伪誓的人」、「违背誓言的人」)。

[193] *sanz deloi* : sans délai, sur-le-champ (「立即」、「马上」)。*Deloi* 此处为第一类阳性名词偏格单数的形式，意思为「延迟」、「耽搁」(retard)。

[194] *geu a parti* : (n.m.) jeu parti, alternative (「立场对立的辩论诗」、「二选一的两难抉择」)。

古法文原文	现代法文译文	中文译文
Qu'il dira s'il ne se parjure,	(et il la dira, s'il ne veut se parjurer),	（假如他不想违背誓言的话，那他就得说出事实的真相），
A mort se tient, s'il mesfet tant	Il s'estime perdu; puisque, s'il commet la faute	他自知死定了；因为假如他违背了
Qu'il trespasse[195] le couvenant[196]	D'enfreindre la convention	与他的女主人兼爱人
275 **[7d]** Que o[197] sa dame <u>et</u> s'amie a,	Conclue avec sa dame et son amie,	达成的协议，
Qu'il est seürs qu'il la <u>pe</u>rdra	Il est certain de la perdre	一旦她发现了秘密被泄漏，
S'ele s'en puet apercevoir ;	Si elle peut s'en apercevoir.	他势必会失去她。
<u>Et</u>, s'il ne dit au duc le voir,	Mais s'il ne dit pas la vérité au duc,	然而，倘若他不将事实告诉公爵，
<u>Par</u>jurés[198] est <u>et</u> foimentie[199],	Il manque à son serment et à sa foi,	那么他就背弃了誓言与信用，

---

[195] *trespasse* : (ind. prés.) il ne tient pas compte de, il viole, il enfreint (「他不顾及」、「他违反」)。*trespasse* 为动词 *trespasser* 的直陈式现在时 p3 的形式。

[196] *couvenant* : (n.m.) accord, promesse, convention (「协议」、「约定」、「承诺」)。

[197] *o* : (prép.) avec (「同」、「和」、「与」)。

[198] *Parjurés* : (n.m.) parjure (「发伪誓的人」、「违背誓言的人」)。

[199] *foimentie* : (n.f.) celui qui a manqué à la foi qu'il a jurée (「违背誓言的人」)。

古法文原文	现代法文译文	中文译文
280 Et pert le païs et s'amie ;	Il perd son pays et son amie.	这时他便会失去这个地区与他的爱人。
Més du païs ne li chausist[200],	Peu lui importerait de quitter le pays,	离开这个地区对他还不算什么，
Se s'amie li remainsist[201]	S'il lui restait son amie	假如他最害怕失去的爱人
Que sor toute riens[202] perdre crient[203].	Qu'il craint plus que toute autre chose de perdre.	仍留在在他身边的话。
Et por ce qu'adés[204] li sovient	Et comme il se souvient alors	这时由于骑士回忆起
285 De la grant joie et du solaz[205]	De la grande joie et du plaisir	过往在爱人的怀中
Qu'il a eü entre ses braz,	Qu'il a goûtés dans ses bras,	感受到的欢愉，

---

[200] *chausist* : (subj. impf.) importât (「……是重要的」)。*chausist* 为动词 *chaloir* 的虚拟式未完成过去时 p3 的形式。

[201] *remainsist* : (subj. impf.) restât (「剩下」、「留下」)。*remainsist* 为动词 *remaindre* 的虚拟式未完成过去时 p3 的形式。

[202] *sor toute riens* : plus que tout, plus que toute autre chose (「甚于一切」、「最」)。

[203] *crient* : (ind. prés.) craint (「害怕」、「畏惧」)。*crient* 为动词 *creindre/ criembre* 的直陈式现在时 p3 的形式。

[204] *adés* : (adv.) au moment même, aussitôt (「就在这时」、「马上」)。

[205] *solaz* : (n.m.) joie, plaisir, divertissement (「愉悦」、「肉体的享乐」、「娱乐」)。*Solaz* 源自于拉丁文 *solacium*，在古法文中 *solaz* 属于第四类无变格阳性名词。

古法文原文	现代法文译文	中文译文
Si se pensse, s'il la messert[206]	Il se dit alors, s'il la trahit	他思忖着一旦他背叛了他的爱人，
Et s'il par son mesfet[207] la pert,	Et s'il la perd par sa faute,	以及因为他的过错而失去了她，
Quant o soi ne l'en puet mener,	Puisqu'il ne peut l'emmener avec lui,	他又不能带她离开，
290 Comment porra[208] sanz li durer[209] ?	Comment il pourra subsister sans elle ?	那么他要如何在没有她的状况下存活下去？
Si est en tel point autressi[210]	Il se trouve dans la même situation	他现在的处境
Com li chastelains de Couci[211],	Que le châtelain de Coucy,	就如同在一首歌中的一段里所说的那位

---

[206] *messert* : (ind. prés.) il sert mal, il fait du mal à, il fait du tort à（「未能善尽职责」、「伤害」、「损害」）。*messert* 为动词 *messervir* 的直陈式现在时 p3 的形式。

[207] *mesfet* : (n.m.) méfait, crime（「坏事」、「罪刑」）。

[208] *porra* : (ind. fut.) il pourra（「他可以」、「他能够」）。*porra* 为动词 *pooir* 直陈式简单未来时 p3 的形式。

[209] *durer* : (inf.) subsister, vivre（「存在」、「生活」）。

[210] *autressi* : (adv.) aussi, également, de même（「同样」、「一样」）。

[211] *li chastelains de Couci* : le châtelain de Coucy（「库西的城堡主人」）。根据 1994 年 Jean Dufournet 以及 Liliane Dulac 合作的双语对照版 (1994, 167) 的注释中解释，库西的城堡主人于公元 1170 年与 1203 年分别参加过第三与第四次十字军东征。在公元 1202 年时他曾经反对改道前往攻打君士坦丁堡之计划，尽管如此，他还是和大军一齐出发征战。然而他却在完成这次的旅程前便已亡故，根据维拉杜安 (Villehardouin) 的编年史作品中提及库西的城堡主人在横越爱情海时身亡，其尸体被投入海中。*Chastelains* (< *lat.* castellanus) 此处为第一类阳性名词正格单数的变格形式。

古法文原文	现代法文译文	中文译文
Qui au cuer n'avoit s'amor non	Qui n'avait rien qu'amour au cœur,	满心都是爱意的
Dist en .i. vers d'une chançon :	Dans un couplet d'une chanson :	库西的城堡主人一般：
295　Par Dieu, Amors, fort [212] m'est a consirrer[213]	« Par Dieu, Amour, il m'est difficile de me passer	「吾以天主的名义起誓，爱神，吾极难舍弃
Du dous solaz et de la compaignie	Du doux plaisir et de la présence,	吾之伴侣兼爱人所
Et des samblanz que m'i soloit moustrer	Et des marques d'amour que me donnait toujours	一直奉献给吾之温柔缱绻、陪伴，
Cele qui m'ert et compaigne et amie ;	Celle qui était ma compagne et mon amie.	以及深情厚意，
Et quant regart sa simple cortoisie[214]	Et lorsque je pense à sa douce conduite,	当吾想到她娇柔优雅的一举一动，
300　Et les douz mos qu'a moi soloit[215] parler,	Et aux tendres mots qu'elle m'adressait,	以及她对吾所说的温存话语，

---

[212] *fort* : (adj.) difficile, pénible, dur (「困难的」、「痛苦的」、「难受的」)。*fort* 为第二类中性形容词的变格形式。

[213] *consirrer* : (inf.) se passer de, se priver de (「放弃」、「舍去」)。

[214] *cortoisie* : (n.f.) grâce, bonnes manières (「优雅」、「举止文雅」)。

[215] *soloit* : (ind. impf.) avait l'habitude de (「习惯」、「习于」)。*Soloit* 为动词 *soloir* 的直陈式未完成过去时 p3 的形式。

古法文原文	现代法文译文	中文译文
Comment me puet li cuers[216] ou cors durer ?	Comment mon cœur peut-il battre dans mon corps ?	吾之心脏何以还能在吾之体内继续跳动？
Quant il n'en part, certes trop est mauvés[217] !	S'il ne me quitte, c'est qu'il est trop poltron ! »	假如它未曾离开吾，皆因太懦弱之故！」
Li chevaliers en tele angoisse	Le chevalier, en cette angoisse,	骑士就在这样的内心煎熬中
Ne set se le voir li connoisse[218],	Ne sait s'il doit faire connaître la vérité au duc	不知是否应当和公爵讲出事实真相，
305 Ou il mente et lest le païs ;	Ou mentir et quitter le pays.	抑或撒谎然后离开此地。
Et quant il est ainsi penssis[219]	Et tandis qu'il est plongé dans ses pensées	当他陷入

---

[216] *cuers* : (n.m.) cœur（「心」、「心脏」）。*Cuers* 一词源自于拉丁文的 *cor, cordis*，属于第一类阳性名词变格，此处为正格单数的形式。

[217] *mauvés* : (adj.) lâche（「胆怯的」、「卑劣的」）。在既有的校注版中，此处将歌曲片段誊写于 295-302 行诗，也就是说占据了八行的十音节诗，然而在此手稿中却占据了十行诗，此处为了方便查询其他市面上既有的校注版，是以选择遵照既有的行数编号，手稿原文的原本行数排置为：*Par dieu, Amors, fort m'est/ a consirrer du dous soulaz/ et de la compaignie et des samblanz/ que m'i soloit moustrer cele/ qui m'ert et compaigne et amie/ et quant regart sa simple/ cortoisie et les douz mos/ qu'a moi soloit parler comment me puet/ li cuers ou cors durer quant/ il n'en part certes trop est mauvés*。

[218] *connoisse* : (subj. prés.) avoue, révèle（「坦承」、「揭露」）。*connoisse* 为动词 *connoistre* 的虚拟式现在时 p3 的形式。

[219] *penssis* : (adj.) pensif, préoccupé（「沉思的」、「忧心忡忡的」）。

古法文原文	现代法文译文	中文译文
Qu'il ne set li quels li vaut miex,	Sans savoir lequel il doit choisir,	不知所措的思绪时，
L'eve du cuer [220] li vient aus iex[221]	L'eau du cœur lui monte aux yeux,	由于被焦虑所迫，
Por l'angoisse qu'il se porchace,	À cause de l'angoisse qui l'étreint,	心之水涌上他的眼眸，
310 Et li descent aval[222] la face,	Et lui descend le long du visage	随后沿着他的脸庞滑落下来
Si qu'il en a le vis moillié[223].	Si bien qu'il en a le visage trempé.	浸湿了他的面庞。
Li dus n'en ot pas le cuer lié[224],	Le duc ne s'en réjouit pas,	公爵见状心中并不喜悦，
Qui pensse qu'il i a tel chose	Et pense qu'il y a une chose	他寻思着骑士有着
Que reconnoistre ne li ose.	Que le chevalier n'ose pas lui avouer.	不敢向他坦承的事情。
315 Lors dist li dus isnel le pas :	Aussitôt il lui dit :	他立刻对骑士说道：

---

[220] *eve du cuer* : eau du cœur, larmes（「心之水」、「眼泪」）。*Eve* (< *lat.* aqua) 为第一类阴性名词正格单数的变格形式，意思为「水」(eau)。

[221] *iex* : (n.m. pl.) yeux（「眼睛」、「目」）。*Iex* (< *lat.* oculos) 此处为第一类阳性名词偏格复数的形式，正格复数的形式为 *ueil/ oil* (< *lat.* oculi)。

[222] *aval* : (prép.) le long de（「顺着……」、「沿着……」）。

[223] *moillié* : (participe passé, adj.) mouillé, trempé（「浸湿的」、「湿透的」）。

[224] *lié* : (adj.) gai, joyeux（「愉快的」、「快乐的」）。

古法文原文	现代法文译文	中文译文
« Bien voi [225] que ne vous fiez pas	« Je vois bien que vous ne vous fiez pas	「孤很了解您并未对
En moi tant com vous devriiez.	À moi autant que vous devriez.	孤充分委以您应有的信任。
Cuidiez vous, se vous me disiez	Croyez-vous que, si vous me disiez	您认为假如您对孤
Vostre conseil celeement[226],	Votre secret en confidence,	私底下偷偷地说出了您的秘密,
320　Que jel[227] deïsse a nulle gent ?	Je le répéterais à qui que ce fût ?	孤会将其随便说给任何人听吗?
Je me leroie[228] avant sanz faute	Je me laisserais à coup sûr	孤真的宁可遭受
Trere[229] les denz[230] l'un avant l'autre !	Plutôt à arracher les dents l'une après l'autre !	牙齿一颗接着一颗被拔除的痛苦也不会如此做!」

---

[225] *voi* : (ind. prés.) je vois (「我了解」、「我知晓」)。*voi* 为动词 *veoir* 的直陈式现在时 p1 的形式。

[226] *celeement* : (adv.) secrètement, à la dérobée (「偷偷地」、「私下地」、「秘密地」、「悄悄地」)。

[227] *jel* : je le (「我……这件事」)。古法文常将人称主词 (je) 与第三人称轻音形式 (formes atones) 的人称代名词 (le) 合并为 *jel* 的缩合形式 (enclise)。

[228] *Je me leroie* : (cond. prés.) je me laisserais (「我让自己」)。*leroie* 为动词 *laier/ laissier* 的条件式现在时 p1 的形式。

[229] *Trere* : (inf.) arracher (「拔」、「扯」)。

[230] *denz* : (n.m. pl.) dents (「牙齿」)。*denz* (< *lat.* dentes) 此处为第一类阳性名词偏格复数 (CR pl.) 的形式。

古法文原文	现代法文译文	中文译文
[8a] — **H**a ! fet cil, por Dieu merci, sire,	— Ah, seigneur, pour l'amour de Dieu, fait le chevalier,	骑士说道：「啊！主公，看在天主的份上，
Je ne sais que je doie[231] dire	Je ne sais ce que je dois dire	臣不知道应当说什么，
325 Ne que je puisse devenir ;	Ni ce que je peux devenir.	也不知道臣能有何下场。
Més je voudroie miex morir	Mais je préférais mourir	然而臣宁死也
Que perdre ce que je perdroie	Que de perdre ce que je perdais	不愿失去臣在说出实情时
Se le voir dit vous en avoie ;	Si je vous disais la vérité,	便会失去的东西，
Quar, s'il estoit de li[232] seü[233]	Car si elle apprenait	因为倘若被她知
330 Que l'eüsse reconneü	Que je l'eusse révélé	臣在活着时有天
A jor qui fust a mon vivant… ! »	Un jour de ma vie… ! »	泄漏了我们之间的秘密的话……！」

---

[231] *doie* : (subj. prés.) je doive （「我应当」、「我应该」）。*doie* 为动词 *devoir* 的虚拟式现在时 p1 的形式。

[232] *li* : (pron. cas régime fort) elle （「她」）。

[233] *seü* : (participe passé) su （「知道」、「晓得」）。*seü* 为动词 *savoir* 的过去分词形式。

古法文原文	现代法文译文	中文译文
Lors dist li dus : « Je vous creant[234]	Alors le duc dit : « Je vous promets	公爵随后说道：「孤以
Seur le cors[235] et l'ame de moi	Sur mon corps et sur mon âme,	自身的身体、灵魂、
Et sor l'amor et sor la foi	Sur l'amitié et sur la fidélité	孤对爱卿之情谊以及对臣子的忠诚
335 Que je vous dois sor vostre hommage,	Que je vous dois comme à mon vassal,	为担保，
Que ja en trestout mon eage	Que jamais de ma vie	孤承诺您此生绝对不会
N'en ert[236] a creature nee	Je ne répéterai la nouvelle	将此秘密泄露给
Par moi novele racontee	À qui que ce soit,	任何人，
Ne samblant fet, grant ne petit. »	Ni en montrai le moindre signe. »	亦不会透露出任何端倪。」
340 Et cil en plorant li a dit :	Et le chevalier lui répondit en pleurant :	骑士哭着说道：

---

[234] *creant* : (ind. prés.) promets, garantis, assure (「保证」、「担保」)。*creant* 为动词 *creanter* 的直陈式现在时 p1 的形式。

[235] *cors* : (n.m.) corps (「身体」)。*Cors* 为第四类无变格名词，此处为偏格单数的形式。

[236] *ert racontee* : (ind. fut. passif) sera racontée (「被讲出来」)。*Ert* 此处为动词 *estre* 的直陈式未来时 p3 的形式。

古法文原文	现代法文译文	中文译文
« Sire, jel vous dirai ainsi ;	« Seigneur, je vais alors vous le dire :	「主公，那么臣就和您说实话吧：
J'aim vostre niece de Vergi,	J'aime votre nièce de Vergy,	臣心悦您的侄女韦尔吉夫人，
Et ele moi, tant c'on puet plus.	Et elle m'aime aussi, on ne peut s'aimer mieux.	您的侄女也心悦臣，我俩再相爱不过了。」
— Or me dites donc, fet li dus,	— Dites-moi donc, fait le duc,	公爵说道：「既然您希望保守秘密，
345　Quant vous volez c'on vous encuevre[237],	Puisque vous voulez qu'on garde votre secret,	那么您告诉孤，
Savoit nus[238] fors vous dui[239] ceste oevre ? »	Quelqu'un le savait-il, à part vous deux ? »	除了您两个人以外，还有任何知情者吗？」
Et li chevaliers li respont :	Le chevalier lui répond :	骑士回答他说：

---

[237] *encuevre* : (subj. prés.) couvre par son silence, garde le secret, fasse le silence (「保守秘密」、「以沉默方式保护」)。*encuevre* 为动词 *encovrir* 虚拟式现在时 p3 的形式。

[238] *nus* : (pron. indéf.) quelqu'un (「有人」)。*Nus* (< *lat.* nullus) 此处为阳性正格单数的形式。

[239] *fors vous dui* : sauf vous deux (「除了你们两个」)。

古法文原文	现代法文译文	中文译文
« Nenil[240], creature del mont[241] ! »	« Non, personne au monde ! »	「没有，世上无人知晓此事。」
Et dist li dus : « Ce n'avint[242] onques :	Le duc lui dit : « Cela ne s'est jamais vu.	公爵说道：「真是前所未见：
350 Comment i avenez[243] vous donques,	Comment faites-vous donc pour vous rencontrer,	那么您们是如何见面的呢？
Ne comment savez lieu ne tens ?	Et comment connaissez-vous le lieu et l'heure ?	又是如何知道约会地点和时间呢？」
— Par foi, sire, fet cil, par sens[244]	— Par foi, seigneur, fait-il, par un stratagème	骑士答道：「老实说，主公，透过一个计策，
Que je vous dirai sanz riens tere[245]	Que je vous dirai sans rien cacher	既然您对这件事情知之甚详，

---

[240] *Nenil* : (adv.) non（「不」、「没有」）。*Nenil* 是由表示否定的虚词 (particule négative) *nen* 和第三人称阳性单数代名词 *il* 所组成。*Nen* 源自于 *ne*，然而当 *ne* 后面跟随的词起首为元音的话，便会演变为 *nen*，此处的人称代名词 *il* 便是起首为元音 [i]，所以此处使用 *nen* 而非 *ne*。此处的 *nenil* 根据上下文是回应了公爵问是否「有人」(nus) 知情的提问，所以骑士用第三人称单数回答没有那个第三个人 (il)。

[241] *mont* : (n.m.) monde（「世界」）。

[242] *avint* : (ind. passé simple) arriva（「发生」）。*avint* 为动词 *avenir* 的直陈式简单过去时 p3 的形式。

[243] *avenez* : (ind. prés.) parvenez, arrivez（「您做到」、「您达到目的」）。*avenez* 此处为动词 *avenir* 的直陈式现在时 p5 的形式。手稿中的原文为 *i aveniez*。

[244] *sens* : (n.m.) moyen ingénieux, stratagème（「巧计」、「妙计」）。

[245] 手稿中的原文为 *riens fere*。

古法文原文	现代法文译文	中文译文
Quant tant savez de nostre afere. »	Puisque vous savez déjà tant sur cette histoire. »	臣就和您毫无隐瞒地交代这个计策。」
355 Lors li a toutes acontees[246]	Alors il lui a raconté toutes	因此骑士告诉了公爵他所有
Ses venues et ses alees,	Ses allées et venues,	来往的方式、
Et la convenance premiere,	Et leur convention conclue dès le premier jour,	还有一开始便定下的约定
Et du petit chien la maniere.	Et le manège du petit chien.	以及运用小狗的计策。
Lors dist li dus : « Je vous requier[247]	Le duc fit alors : « Je vous prie de me permettre,	公爵说道：「在下次的会面时，
360 Que a vostre terme[248] premier	Lors de votre prochaine rencontre,	孤请求您允许孤

---

[246] *acontees* : (participe passé) racontées（「讲述」、「诉说」）。*acontees* 为动词 *aconter* 过去分词阴性复数的形式。

[247] *requier* : (ind. prés.) je demande, prie（「我恳求」、「我请求」）。*requier* 为动词 *requerre/ requerir* 的直陈式现在时 p1 的形式。

[248] *terme* : (n.m.) rencontre, rendez-vous（「会面」、「约会」）。

古法文原文	现代法文译文	中文译文
Veuilliez[249] que vostre compains[250] soie[251]	De vous accompagner	伴随您
D'aler o vous en ceste voie	Et d'y aller avec vous,	去约会地点，
Quar je vueil[252] savoir sans aloingne[253]	Car je veux savoir sans délai	因为孤迫不及待想知道
Se ainsi va vostre besoingne ;	Si la chose se passe comme vous dites ;	是否事情就如同您所说的一样发生，
365　Si n'en savra[254] ma niece rien.	Et ma nièce n'en saura rien.	还有孤的侄女要对此事毫不知情。」
— Sire, fet il, je l'otroi[255] bien,	— Seigneur, dit-il, j'y consens volontiers,	骑士答道：「主公，臣很同意您的提议，

---

249 *Veuilliez* : vous vouliez（「您同意」、「您允许」）。*Veuilliez* 为动词 *voloir* 的虚拟式现在时 p5 的形式。

250 *compains* : (n.m.) compagnon（「同伴」、「伙伴」）。*Compains* (< *lat.* companio) 为第三类阳性名词正格单数的形式，原本根据拉丁文字源，我们期待的正格单数变格不应该出现尾子音-s，然而由于第三类名词属于少数，渐渐地被第一类阳性名词变格法所同化，此字母-s 称为类推字母 (s analogique)，其偏格单数的形式为 *compaignon*。

251 *soie* : (subj. prés.) je sois（「我是」）。*soie* 为动词 *estre* 的虚拟式现在时 p1 的形式。

252 *vueil* : (ind. prés.) je veux（「我想要」、「我希望」）。*vueil* 为动词 *voloir* 的直陈式现在时 p1 的形式。

253 *sans aloingne* : sans retard（「立刻」、「毫不拖延」）。*Aloingne* 为第一类阴性名词，此处为偏格单数的形式，意思为「延迟」、「耽搁」(retard)。

254 *savra* : (ind. fut.) saura（「知道」、「知晓」）。*savra* 为动词 *savoir* 的直陈式未来时 p3 的形式。

255 *otroi* : (ind. prés.) j' accorde, j' consens à（「我同意」、「我赞成」）。*otroi* 为动词 *otroier* 的直陈式现在时 p1 的形式。

古法文原文	现代法文译文	中文译文
Més qu'[256] il ne vous griet[257] ne anuit[258],	Pourvu que cela ne vous gêne pas,	只要不造成您的困扰的话，
Et, sachiez bien, g'irai anuit[259]. »	Sachez bien que j'irai cette nuit même. »	要知道臣就在今晚会去面见她。」
Et li dus dist qu'il i ira,	Le duc répond qu'il ira	公爵回答他会如约而至，
370　Que ja ne li anuiera,	Et que cela ne l'ennuiera pas,	并且他并不为此感到困扰，
Ainz li sera solaz et geu[260].	Mais au contraire ce sera pour lui un plaisir et un jeu.	他反倒是觉得这是一种消遣娱乐。
Entr'aus ont devisé[261] le leu	Ils convinrent ensemble du lieu	他们一同约定好
[8b] Ou assambleront, tout a pié[262].	Où ils se retrouveront à pied.	徒步碰面的地点。

---

[256] *Més que* (+ subj.) : à condition que, pourvu que (「条件是」、「只要」)。

[257] *griet* : (subj. prés.) déplaise (「使不高兴」、「使不愉快」)。*griet* 为动词 *grever* 的虚拟式现在时 p3 的形式。

[258] *anuit* : (subj. prés.) ennuie, gêne (「使烦恼」、「使困扰」)。*anuit* 为动词 *anuier/ enuier* 的虚拟式现在时 p3 的形式。

[259] *anuit* : (adv.) ce soir, cette nuit (「今晚」、「今夜」)。

[260] *geu* : (n.m.) jeu, distraction, divertissement (「游戏」、「娱乐」)。

[261] *ont devisé* : (ind. passé composé) ils sont convenus, ils ont choisi (「他们商议好」、「他们决定好」)。*devisé* 为动词 *devis(i)er* 的过去分词形式。

[262] *a pié* : à pied (「步行」、「徒步」)。*pié* 源自于拉丁文 *pedem*，意即「脚」(pied)，此处为第一类阳性名词偏格单数的形式。

古法文原文	现代法文译文	中文译文
Si tost comme il fu anuitié[263],	Dès qu'il fit nuit,	一到夜幕低垂，
375 Que assez prés d'iluec estoit	Car la nièce du duc demeurait	由于公爵的侄女住得
Ou la niece le duc manoit[264],	Très près de là,	离碰面地点很近，
Cele part tienent lor chemin	Ils se dirigèrent vers le manoir de nièce,	他们便朝侄女住所的方向走去，
Tant qu'il sont venu au jardin,	Et arrivèrent au jardin.	随后到达了花园。
Ou li dus ne fu pas grant piece[265],	Le duc n'attendit pas longtemps	公爵没等多久
380 Quant il vit le chienet sa niece	Quand il vit le petit chien de sa nièce	就看到侄女的小狗
Qui s'en vint au bout du vergier	Venir au bout du verger	来到果园的尽头，
Ou il trova le chevalier	Où il trouva le chevalier	在那里小狗找到了
Qui grant joie a fet au chienet.	Qui lui manifeste une grande joie.	热烈欢迎它的骑士。

---

[263] *il fu anuitié* : (ind. passé simple) il fit nuit（「夜幕降临」、「天黑」）。*anuitié* 为非人称动词 (v. impersonnel) *anuitier* 的过去分词形式。

[264] *manoit* : (ind. impf.) demeurait, restait, habitait（「居住」、「停留」）。*manoit* 为动词 *manoir* 的直陈式未完成过去时 p3 的形式。

[265] *grant piece* : longtemps（「长久」、「很久」）。*Piece* 为第一类阴性名词偏格单数的形式，在古法文中常被用来意指某一段时间 (un certain espace de temps)。

古法文原文	现代法文译文	中文译文
Tantost[266] a la voie se met	Aussitôt le chevalier se met	骑士随即动身
385 Li chevaliers et le duc lait[267],	En route et laisse le duc.	启程，留下公爵一人。
Et li dus aprés lui s'en vait[268]	Ce dernier le suit,	公爵跟随其后，
Prés de la chambre, et ne se muet[269] ;	S'approche de la chambre, et ne bouge plus,	在靠近房间之时便定住不动，
Iluec s'esconsse[270] au miex qu'il puet ;	Il se cache de son mieux	公爵在那里尽可能地将自身隐藏
D'un arbre molt[271] grant et molt large	Derrière un très grand arbre et large	在一棵高耸入云又枝繁茂盛的大树后面，
390 S'estoit couvers com d'une targe[272]	Dont il se couvre comme d'un bouclier,	就像将自己躲藏在盾牌后面一般，

---

[266] *Tantost*：(adv.) aussitôt（「立即」、「马上」）。

[267] *lait*：(ind. prés.) laisse（「留下」、「离开」）。*lait* 为动词 *laier/ laissier* 的直陈式现在时 p3 的形式。

[268] *s'en vait*：(ind. prés.) s'en va（「去」、「走」）。*vait* 为动词 *aler* 的直陈式现在时 p3 的形式。

[269] *se muet*：(ind. prés.) bouge, se remue（「动」、「移动」）。*se muet* 为动词 *se mo(u)voir* 的直陈式现在时 p3 的形式。

[270] *s'esconsse*：(ind. prés.) se cache（「躲藏」、「隐藏」）。*s'esconsse* 为动词 *s'escon(s)ser* 的直陈式现在时 p3 的形式。

[271] *molt*：(adv.) très, fort（「非常」、「很」）。

[272] *targe*：(n.f.) bouclier, targe（「盾牌」、「护盾」）。*Targe* 一词源自于法兰克语 (francique) **targa*，在古法文中属于第一类阴性名词变格，此处为偏格单数的形式。

古法文原文	现代法文译文	中文译文
Et molt entent a[273] lui celer.	Et il veille bien à se cacher.	他小心翼翼地将自己隐藏了起来。
D'iluec vit en la chambre entrer	De là il vit le chevalier entrer	从那里他看见了骑士进入
Le chevalier, et vit issir[274]	Dans la chambre, et vit sa nièce	房间，他还看见了他的侄女
Sa niece et contre lui venir	En sortir pour venir à sa rencontre	从房间走出来
395 Hors de la chambre en .i. prael[275],	Sur un préau devant la chambre.	在外面的草地上迎接骑士。
Et vit et oï tel apel	Il vit et entendit l'appel	公爵的侄女一瞥见骑士，
Comme ele li fist par solaz	Qu'elle lui lança avec joie	公爵便见到并听到
De salut de bouche et de braz[276],	En le saluant de la voix et du geste	他的侄女开心地用声音与行动
Si tost comme ele le choisi[277].	Dès qu'elle l'aperçut.	招呼骑士。

---

[273] *entent a* : (ind. prés.) veille à, fait attention à (「留心」、「注意」)。*entent* 为动词 *entendre* 的直陈式现在时 p3 的形式。

[274] *issir* : (inf.) sortir (「出来」、「出去」)。

[275] *prael* : (n.m.) petit pré, préau (「小草地」、「小院子」)。*prael* 源自于拉丁文 *pratellum*，此处为第一类阳性名词偏格单数的形式。

[276] *braz* : (n.m. pl.) bras (「手臂」、「胳膊」)。*Braz* 源自于拉丁文 *bracchium*，此处属于第四类无变格阳性名词偏格复数的形式。

[277] *choisi* : (ind. passé simple) aperçut, remarqua, regarda (「瞥见」、「看见」、「认出」)。*choisi* 为动词 *choisir* 的直陈式简单过去时 p3 的形式。

古法文原文	现代法文译文	中文译文
400 De la chambre vers lui sailli[278],	Elle s'élança hors de la chambre pour aller à sa rencontre,	她从房间出来朝骑士扑去，
Et de ses biaus braz l'acola[279]	Et l'accola de ses beaux bras,	然后用她美丽的双臂环绕住他的脖子，
Et plus de .c.[280] fois le besa[281]	Et lui donna plus de cent baisers	接着在骑士对他开口长谈前，
Ainz que[282] feïst[283] longue parole.	Avant de lui adresser la longue parole.	她便亲吻了他上百次。
Et cil la rebese[284] et acole,	Et lui, à son tour, l'embrasse et la serre dans ses bras,	骑士也回吻了她，并将其拥入怀中，

---

[278] *sailli* : (ind. passé simple) s'élança, sortit（「奔向」、「冲出去」）。*sailli* 为动词 *saillir* 的直陈式简单过去时 p3 的形式。

[279] *acola* : (ind. passé simple) embrassa, accola（「拥抱」、「将手臂环绕脖子」）。*acola* 为动词 *acoler* 的直陈式简单过去时 p3 的形式。*Acoler* 是由前缀词 a- 加上字根 *col*（= cou「脖子」）以及原形动词后缀词 -er 所组成，所以此词在古法文中的原意为「将手臂环绕脖子」(jeter les bras autour du cou)，现代法文将原有字根「脖子」以及词意中连带使用「手臂」的意思削弱，反被与字根无关的「贴近」、「紧靠」(rapprochement) 词意所取代，可能是以为与动词 *coller* 相关的衍生词。

[280] 手稿中 .c. 为罗马数字 *centum* 的缩写形式，意思为「百」(cent)。

[281] *besa* : (ind. passé simple) embrassa, baisa（「亲吻」、「吻」）。*besa* 为动词 *baisier* 的直陈式简单过去时 p3 的形式。

[282] *Ainz que* (+ subj.) : avant que（「在……之前」）。

[283] *feïst* : (subj. impf.) il fît（「他实行……行动」）。*feïst* 为动词 *faire* 的虚拟式未完成过去时 p3 形式。

[284] *rebese* : (ind. prés.) rebaise（「回吻」）。*rebese* 为动词 *rebaisier* 的直陈式现在时 p3 的形式。

古法文原文	现代法文译文	中文译文
405 <u>Et</u> li dist : « Ma dame, m'amie,	Et lui dit : « Ma dame, mon amie,	然后对她说道：「我的女主人，我的女友，
M'amor, mon cuer, ma druerie[285],	Mon amour, mon cœur, mon plaisir,	我的爱人，我的心肝，我快乐的泉源，
m'esp<u>er</u>ance[286] <u>et</u> tout quanqu<u>es</u>[287] j'aim,	Mon espérance, tout ce que j'aime,	我的希望，集我所有的爱于一身之人，
Sachiez q<u>ue</u> j'ai eü grant faim	Sachez que j'ai eu grand-faim	要知道在与您分开后的每时每分，
D'estre o vous, si <u>com</u>me ore[288] i sui,	D'être avec vous, comme je le suis en ce moment,	我都非常渴望如同现在一般
410 Trestoz jors puis q<u>ue</u>[289] je n'i fui. »	À chaque moment de notre séparation. »	与您相伴左右。」
Ele redist : « Mon douz seignor[290],	Elle répondit : « Mon doux seigneur,	公爵的侄女答道：「我的好老爷，

---

[285] *druerie* : (n.f.) plaisir amoureux（「（爱情中的）愉悦」、「欢愉」）。

[286] *esperance* : (n.f.) espérance, espoir（「希望」、「期望」）。

[287] *quanques* : (pron. indéf.) tout ce que（「所有」、「一切」）。

[288] *ore* : (adv.) maintenant（「现在」、「目前」）。

[289] *Puis que* : depuis que, après que（「自从……以后」、「从……开始」）。

[290] *Mon douz seignor* : mon doux seigneur（「我的好老爷」）。古法文的名词语段 (syntagme nominal) 不只需要性数配合，还要加上格 (cas) 的配合，有时正格与偏格会出现在同一个名词语段中，此处的主有格 *Mon* 为偏格单数的形式、形容词

古法文原文	现代法文译文	中文译文
Mes douz amis, ma douce amor,	Mon doux ami, mon doux amour,	我亲爱的男友，我温柔的爱人，
Onques puis ne fu jor ne eure	Depuis lors, il n'y eut pas un jour, pas une heure,	从您离去的那时起，我无时无刻
Que ne m'anuiast[291] la demeure[292] ;	Que l'attente ne m'ennuyât ;	皆在忍受等待之苦，
415　Més ore de riens ne me dueil[293],	Mais maintenant je ne souffre plus de rien,	现在我不再受苦，
Quant j'ai o moi ce que je vueil,	Puisque j'ai avec moi ce que je veux,	因为我想要的东西已经在我身旁，
Quant ci estes sains[294] et haitiez[295],	Et que vous êtes là, en bonne santé et de bonne humeur,	因为您现在就健健康康又开开心心地在这儿，
Et li trés bien venuz soiez ! »	Soyez le très bienvenu ! »	很高兴见到您！」

---

douz 可以是正格或偏格单数的形式，还有名词 *seignor* 则为偏格单数的形式，其实这个名词语段在句中扮演的是呼语 (apostrophe) 的角色，我们原本期待的是由正格单数组成的名词语段 *mes douz sire*，然而如果作者使用正确的变格的话，整句诗只有 7 个音节，为了符合八音节的要求，作者使用偏格来替代正格形式。

[291] *anuiast* : (subj. impf.) pesât , ennuyât（「使不安」、「使困扰」）。*Anuiast* 为动词 *anuier* 的虚拟式未完成过去时 p3 形式。

[292] *demeure* : (n.f.) attente（「等待」、「等候」）。

[293] *me dueil de* : (ind. prés.) je souffre de, je m'afflige de（「我受……之苦」、「我因……感到痛苦」）。*me dueil* 为反身动词 (verbe pronominal) *se doloir* 的直陈式现在时 p1 的形式。

[294] *sains* : (adj.) bien portant, sain（「健康的」、「健全的」）。

[295] *haitiez* : (adj.) de bonne humeur, bien disposé de corps et d'esprit（「心情好」、「身心愉快」）。

古法文原文	现代法文译文	中文译文
<u>Et</u> cil dist : « <u>Et</u> vous bien trovee ! »	Et le chevalier lui dit : « Et vous, la bien rencontrée ! »	骑士答道：「我也很高兴见到您！」
420 Tout oï li dus a l'entree,	Le duc a tout entendu à l'entrée,	由于公爵倚靠在离他们很近的
Qui m<u>o</u>lt prés d'aus apoiez[296] fu ;	Où il était appuyé fort près d'eux,	进口处，所以他听见了他们所有的对话。
Sa niece a la voiz[297] bien <u>co</u>nnu,	Il a si bien reconnu sa nièce	公爵透过声音和仪态
[8c] Si bien, <u>e</u>t a la contenance[298],	À la voix et à son attitude,	充分辨认出那是他的侄女，
Qu<u>e</u> il est or fors de doutance[299],	Qu'il n'a plus le moindre doute,	因此他心中的疑窦一扫而空，
425 <u>Et</u> si tient de ce la duchesse	Et qu'il considère la duchesse comme une menteuse	同时也由于公爵夫人之前对他所说的话语缘故，

---

[296] *apoiez* : (participe passé et adj.) appuyé（「倚靠」、「靠」）。

[297] *voiz* : (n.f.) voix（「声音」、「嗓音」）。*voiz* 为第四类阴性名词无变格，此处为偏格单数的形式。

[298] *contenance* : (n.f.) attitude, maintien, manière d'être, d'agir（「姿态」、「举止」、「仪表」）。

[299] *doutance* : (n.f.) doute（「疑惑」、「疑虑」）。

古法文原文	现代法文译文	中文译文
Que dit li ot [300] a menterresse[301] ;	À cause de ce qu'elle lui a dit.	公爵遂将其视为诳语者。
Et molt li plest[302] : or voit il bien	Et cela lui plaît beaucoup : maintenant il voit bien	公爵为此感到开心不已：现在他清楚地知道
Que cil ne li a mesfet rien	Que le chevalier n'a pas commis	骑士并未犯下
De ce que il l'a mescreü[303].	la faute dont il l'a soupçonné.	他所怀疑的过错。
430 Ilueques[304] s'est issi[305] tenu	Ainsi il est resté là	就这样公爵彻夜
Toute la nuit, endementiers	Toute la nuit, tandis que	待在那儿，然而在这段期间
Que [306] la dame et li chevaliers	La dame et le chevalier	韦尔吉夫人与骑士
Dedenz la chambre en .i. lit furent	Dans la chambre, étaient couchés ensemble	却在房内同床

---

300 手稿中的原文为 Qui dit li ot。

301 *menterresse* : (adj. et n.f.) menteuse（「女骗子」、「说谎的（人）」）。在 Jean Dufournet 与 Liliane Dulac (1994, 64) 合作的双语对照版中誊写的是 *menteresse*，然而手稿中是 *menterresse*，此处根据手稿原文更正之。

302 *plest* : (ind. prés.) plaît（「使开心」、「使喜悦」）。*plest* 为动词 *plaire* 的直陈式现在时 p3 的形式。

303 *mescreü* : (participe passé) soupçonné（「怀疑」、「猜疑」）。*mescreü* 为动词 *mescroire* 的过去分词的形式。

304 *Ilueques* : (adv.) là（「那里」、「那儿」）。

305 *issi* : (adv.) ainsi, de cette manière（「这样」、「如此」）。

306 *Endementiers que* : pendant que, tandis que（「当……时候」、「然而」）。

古法文原文	现代法文译文	中文译文
Et sanz dormir ensamble jurent[307],	Dans le même lit sans dormir,	共枕未曾入眠，
435 A tel joie et a tel deport[308]	Ils goûtaient une joie et un plaisir si grands	他们品尝着鱼水之欢，水乳交融带来之高度快感，
Qu'il n'est resons[309] que nus recort[310]	qu'il n'est pas raisonnable de le raconter,	是以不宜将其讲述之，
Ne ne la die[311] ne ne l'oie[312],	Ou d'en entendre parler,	抑或听他人讲述之，
S'il n'atent a avoir tel joie	S'il ne s'attend pas à avoir cette joie	倘若他并未对
Que Amors aus fins amanz[313] done,	Qu'Amour donne aux vrais amants	爱神为了补偿真正的恋人所受之苦

---

[307] *jurent* : (ind. passé simple) couchèrent, furent couchés (「睡」、「卧」)。*jurent* 为动词 *gesir* 的直陈式简单过去时 p6 的形式。

[308] *deport* : (n.m.) plaisir, joie (「欢愉」、「愉悦」)。

[309] *il n'est resons* : il n'est pas raisonnable, il n'est pas juste, il est en vain (「不合理」、「不正确」)。*Resons* 为第二类阴性名词变格，此处为正格单数的形式。

[310] *recort* : (subj. prés.) raconte, répète, rapporte (「讲述」、「转述」)。*recort* 为动词 *recorder* 的虚拟式现在时 p3 的形式。

[311] *die* : (subj. prés.) dise (「说」、「讲」)。*die* 为动词 *dire* 的虚拟式现在时 p3 的形式。

[312] *oie* : (subj. prés.) entende (「闻」、「听」)。*oie* 为动词 *oïr* 的虚拟式现在时 p3 的形式。

[313] *amanz* : (n.m. pl.) amants (「情人」、「恋人」)。

古法文原文	现代法文译文	中文译文
440　Quant sa paine reguerredone[314].	Pour les récompenser de leurs peines.	而赐与他们的这份欢愉心生向往的话。
Quar cil qui tel joie n'atent,	Car celui qui n'attend pas cette joie,	正因此人并不对床第之欢心憧憬之，
S'il l'ooit[315] or, riens n'i entent,	n'y comprendra, s'il en entend parler,	倘若他听见有人讨论此事，他都听得一头雾水，
Puis qu'il n'a a Amors le cuer,	Puisqu'il n'a pas donné son cœur à Amour :	由于他并未将他的心交付给爱神：
Que nus ne savroit a nul fuer	Personne ne saurait jamais comprendre	假如爱神不让此人了解到
445　Combien vaut a tel joie avoir,	La valeur d'une telle joie,	此种欢愉的价值所在，
S'Amors ne li fesoit savoir.	Si l'Amour ne le lui révélait.	他是永远不会开窍的。

---

[314] *reguerredone* : (ind. prés.) récompense, paye en retour (「报酬」、「补偿」)。 *reguerredone* 为动词 *reguerredoner* 直陈式现在时 p3 的形式。

[315] *ooit* : (ind. impf.) entendait (「听闻」、「听见」)。 *ooit* 为动词 *oïr* 的直陈式未完全过去时 p3 的形式。

古法文原文	现代法文译文	中文译文
Ne teus biens n'avient mie a toz,	Un tel bien n'échoit pas à tous,	这种好处是不会降临在所有的人身上的，
Que ce est joie sanz corouz[316]	Car c'est un bonheur sans mélange,	因为这是一种完美纯粹的幸福，
Et solaz et envoiseüre[317] ;	Une joie, une gaieté.	一种欢愉和一种沉醉；
450 Més tant i a que petit[318] dure,	Mais il est de courte durée,	然而这份幸福只存在于瞬息之间，
C'est avis a l'amant qui l'a :	Du moins c'est l'impression de l'amant qui le possède.	至少是对拥有这份幸福的情人而言。
Ja tant longues[319] ne durera,	Il ne durera jamais assez longtemps,	这份幸福的时间从未持续良久，
Tant li plest la vie qu'il maine[320],	La vie qu'il mène lui plaît tant	情人经历的幸福生活让他十分欢喜，

---

[316] *sanz corouz* : sans mélange, sans nuages (「纯粹的」、「完美的」)。*corouz* 为第一类阳性名词偏格复数的形式，意思为「烦恼」、「不快」、「动怒」。

[317] *envoiseüre* : (n.f.) gaîté, ravissement, plaisir, joie (「欢快」、「陶醉」、「喜悦」)。

[318] *petit* : (adv.) peu (「不多」、「少」)。

[319] *longues* : (adv.) longtemps (「长时间」、「很久」)。手稿中的原文为 *tant lugues*。

[320] *maine* : (ind. prés.) mène (「过」)。*maine* 为动词 *mener* 的直陈式现在时 p3 的形式。

古法文原文	现代法文译文	中文译文
Que, se nuis [321] devenoit semaine,	Que si la nuit devenait une semaine,	是以，要是一晚能变为一周，
455 Et semaine[322] devenoit mois[323],	La semaine un mois,	一周能变为一个月，
Et mois uns anz[324], et uns anz .iii.,	Et le mois une année et l'année trois,	一个月能变为一年，一年能变为三年，
Et troi[325] an[326] .xx., et vint[327] an .c.,	Trois années vingt, et vingt années cent,	三年能变为二十年，二十年能变为一世纪，那该有多好啊。
Quant vendroit [328] au definement[329],	Lorsque cette nuit s'achèverait,	当夜晚将近尾声时，

---

[321] *nuis* : (n.f.) nuit (「夜」、「夜晚」)。*Nuis* (< *lat.* nox) 属于第二类阴性名词变格，此处为正格单数的形式。

[322] *semaine* : (n.f.) semaine (「星期」、「周」)。*Semaine* 源自于中世纪教士使用的拉丁文 (latin ecclésiastique) *septimana*，后者为 *septimus* 的衍生词，意思为「第七」(septième)；*septimus* 则源自于拉丁文的 *septem* (「七」)。*semaine* 属于第一类阴性名词变格，此处为正格单数的形式。

[323] *mois* : (n.m.) mois (「月」)。*mois* (< *lat.* mensis) 属于第四类阳性名词无变格，此处为正格单数的形式。

[324] *anz* : (n.m.) an (「年」)。*anz* (< *lat.* annus) 属于第一类阳性名词变格，此处为正格单数的形式。

[325] *troi* : (adj. numéral) trois (「三」)。*troi* 此处为阳性正格的形式，其偏格的形式为 *trois* 或 *treis*。

[326] *an* : (n.m. pl.) ans (「年」)。*an* (< *lat.* anni)，此处为第一类阳性名词正格复数的变格形式。

[327] *vint* : (adj. numéral) vingt (「二十」)。

[328] *vendroit* : (cond. prés.) viendrait (「来到」)。*vendroit* 为动词 *venir* 的条件式现在时 p3 的形式。

[329] *definement* : (n.m.) fin, achèvement (「结束」、「完成」)。

古法文原文	现代法文译文	中文译文
Si voudroit il qu'il anuitast,	L'amant voudrait que la nuit tombât,	情人却冀望夜幕继续低垂，
460 Cele nuit, ainz qu'il ajornast[330].	Sans que le jour se levât.	黎明不要升起。
Et en itel penssé estoit	Celui que le duc attendait	这便是公爵等候着的那位骑士
Icil que li dus atendoit ;	Avait de telles pensées,	心中所想，
Quar ainz jor aler[331] l'en covint,	car il lui fallut s'en aller avant le lever du jour.	因为在拂晓前他必须离开这里。
Et s'amie o lui a l'uis[332] vint.	Son amie vint avec lui jusqu'à la porte.	他的女友与他走到门口，
465 La vit li dus au congié prendre	Le duc les vit au moment de prendre congé,	公爵眼见他们临别时分，
Besier doner et besier rendre,	Se donner et rendre des baisers,	互吻对方以及回吻对方，
Et oï forment[333] souspirer	Il entendit de profonds soupirs	他听见他们临别之际

---

[330] *il ajornast* : (subj. impf.) le jour se levât (「天亮」)。*ajornast* 为动词 *ajorner* 的虚拟式未完成过去时 p3 的形式。

[331] *ainz jor aler* : avant le lever du jour, avant l'aube (「在天亮前」、「在黎明前」)。*Jor* (< *lat.* diurnu) 此处为第一类阳性名词偏格单数的形式。

[332] *uis* : (n.m.) porte (「门」、「房门」)。*Uis* 源自于拉丁文 *ostium*，属于第四类无变格，此处为阳性名词偏格单数的形式。

[333] *forment* : (adv.) fort, profondément (「用力地」、「使劲地」)。

古法文原文	现代法文译文	中文译文
Et au congié prendre plorer.	Et des plaintes et des sanglots au moment de se quitter,	深深的叹息声以及呜咽啜泣声，
Iluec ot ploré mainte lerme[334],	Alors ils versèrent maintes larmes.	两人那时洒泪如雨。
470 Et si oï prendre le terme	Il les entendit également fixer	他也听见两人相约下一次
Du rassambler iluec arriere.	Le moment d'un nouveau rendez-vous en ce lieu.	在此处的见面时间。
Li chevaliers en tel maniere	Ainsi le chevalier	就这样骑士
[8d] S'en part, et la dame l'uis clot[335],	S'en va, et la dame ferme sa porte,	出发离去，夫人关上了房门，
Més, tant comme [336] veoir le pot,	Mais tant qu'elle peut le voir,	但是只要是在她目力所能望见骑士的范围内，
475 Le convoia [337] a ses biaus iex,	Elle le suit de ses beaux yeux,	她都尽可能地
Quant ele ne pot fere miex.	Ne pouvant faire mieux.	用她美丽的眼睛跟随他。

---

[334] *lerme* : (n.f.) larme（「眼泪」）。

[335] *clot* : (ind. prés.) ferme（「关」、「关闭」）。*clot* 为动词 *clor(r)e* 的直陈式现在时 p3 的形式。

[336] *tant comme* : tant que, aussi loin que（「只要……所及」）。

[337] *convoia* : (ind. passé simple) accompagna, escorta（「陪伴」、「伴随」）。*convoia* 为动词 *convoier* 的直陈式简单过去时 p3 的形式。

古法文原文	现代法文译文	中文译文
Quant li dus vit clorre l'uisset[338],	Lorsque le duc vit la petite porte se fermer,	当公爵看见小门关上时，
Tantost a la voie se met[339],	Il se met aussitôt en route,	便立刻动身前往
Tant que le chevalier ataint[340]	Et rejoint le chevalier	与骑士会合。
480　Qui a soi meïsme se plaint	Qui se plaint à lui-même	而骑士正自顾自地抱怨着
De la nuit : si comme il a dit,	De la nuit : comme il l'a déjà dit,	夜晚：正如同他之前所说，
Trop li avoit duré petit.	Elle avait duré trop peu.	夜晚转瞬即逝。
Et tel penssee et autel[341] diz[342].	Telles furent aussi les pensées et les paroles	这也是他刚离开的爱人
Ot cele dont il ert partiz,	De celle qu'il avait quittée :	所思及所说。
485　A cui il samble por la nuit	Il lui semble que la nuit	她觉得夜晚

---

[338] *uisset* : (n.m.) petite porte (「小门」)。*uisset* 为第一类阳性名词偏格单数的形式。

[339] *a la voie se met* : (ind. prés.) se met en route (「动身」、「启程」)。*Voie* (< *lat.* via) 为第一类阴性名词，此处为偏格单数的形式，意思为「道路」、「通道」(route, chemin)。

[340] *ataint* : (ind. prés.) rejoint (「和……碰头」、「和……会合」)。*ataint* 为动词 *ataindre* (< *lat.* attingere) 的直陈式现在时 p3 的形式。

[341] *autel* : (adj.) semblable, pareil (「相似的」、「相同的」)。

[342] *diz* : (n.m.) parole, propos (「话」、「话语」)。

古法文原文	现代法文译文	中文译文
Que failli ait a[343] son deduit,	N'a pas comblé tout le plaisir qu'elle en attendait,	并未满足所有她所期待的欢愉，
Ne du jor ne se loe[344] point.	Et elle ne se réjouit pas de la venue du jour.	还有她不喜见白昼的到来。
Li chevaliers ert en tel point	Voilà ce que pensait	这便是骑士
Et de penssee et de parole,	Et se disait à lui-même le chevalier,	内心所思所想。
490　Quant li dus l'ataint, si l'acole	Lorsque le duc le rejoignit, il l'embrassa,	当公爵与骑士会合时，公爵拥抱了他，
Et li a fet joie molt grant,	Et lui manifesta toute sa joie,	并对他表现出十分喜悦之情，
Puis li a dit : « Je vous creant[345]	Puis lui dit : Je vous promets	随后对他说道：「孤向爱卿您保证
Que toz jors més vous amerai	Que je vous aimerai toujours,	孤会永远宠爱您，

---

[343] *failli ait a* : (subj. passé) n'ait pas réussi à, n'ait pas comblé（「没有在……方面获得成功」、「没有满足」）。*failli ait* 为动词 *faillir* 的虚拟式过去式 p3 的形式。

[344] *se loe de* : (ind. prés.) se loue de, se réjouit de（「高兴」、「喜悦」）。*loe* 为动词 *loer* 的直陈式现在时 p3 的形式。

[345] *creant* : (ind. prés.) promets, assure（「保证」、「担保」）。*creant* 为动词 *creanter* (< *lat.* credentare) 的直陈式现在时 p1 的形式。

古法文原文	现代法文译文	中文译文
Ne ja més jor ne vous harrai[346],	Et que je ne vous prendrai jamais en haine,	并且孤绝不再憎恶您，
495 Quar vous m'avez de tout voir dit	Car vous m'avez dit toute la vérité,	因为您对孤说的都是实话，
Et ne m'avez de mot mentit.	Et vous ne m'avez pas menti d'un seul mot.	没有对孤说过一句谎话。」
— Sire, fet cil, vostre merci !	— Seigneur, fit le chevalier, grand merci !	骑士说道：「主公，臣谢恩！
Més por Dieu vous requier et pri	Mais pour l'amour de Dieu je vous demande et supplie	但是看在天主的面子上，臣恳求您
Que cest conseil celer vous plaise,	De bien vouloir garder ce secret,	务必保守此秘密，
500 Qu'amor perdroie et joie et aise[347],	Car je perdrais amour, joie et félicité,	因为倘若臣知晓除您之外还有其他人
Et morroie sanz nule faute[348],	Et j'en mourrais à coup sûr	知情的话，
Se je savoie que nul autre	Si je savais que quelqu'un d'autre	臣会失去爱情、快乐以及幸福，

---

[346] *harrai* : (ind. fut.) haïrai (「怨憎」、「厌恶」)。*Harrai* 为动词 *haïr* 的直陈式简单未来时 p1 的形式。

[347] *aise* : (n.f.) félicité, bonheur (「快乐」、「幸福」)。

[348] *sanz nule faute* : sans aucun doute, certainement (「毫无疑问地」、「一定地」)。

古法文原文	现代法文译文	中文译文
Ice savroit, fors vous sanz plus.	Que vous le connût.	臣必死无疑。」
— Or n'en parlez ja, fet li dus ;	— N'en parlez pas plus, dit le duc.	公爵说道：「休要再提此事，
505　Sachiez qu'il ert si bien celé	Sachez que le secret sera si bien gardé	要知道此秘密会很好地被封存起来，
Que ja par moi n'en ert parlé. »	Que je n'en parlerai jamais. »	是以孤绝口不再提及此事。」
Ainsi s'en sont parlant venu	Ainsi tout en devisant, ils sont venus	就在这样聊着天时，他们来到了
La dont il estoient meü[349].	À l'endroit d'où ils étaient partis.	之前出发的地方。
Et cel jor, quant vint au mengier[350],	Ce jour-là, lors du repas,	这天，在用餐之时，
510　Moustra li dus au chevalier	Le duc montra au chevalier	公爵对骑士展现出
Plus biau samblant qu'ainz n[351]'avoit fait,	Un accueil plus aimable qu'il n'avait jamais fait,	前所未有的殷勤，

---

[349] *meü* : (participe passé) partis (「离开」、「出发」)。*meü* 为动词 *mouvoir* 的过去分词的形式。

[350] *mengier* : (n.m., inf. substantivé) repas, manger (「用餐」、「吃饭」)。*mengier* 为原形动词名词化的形式，此处为第一类阳性名词偏格单数的变格形式。

[351] *ainz...ne* : ne...jamais auparavant (「从没」、「永不」)。

古法文原文	现代法文译文	中文译文
Dont tel corouz et tel deshait[352]	Et sans mentir, la duchesse ressentit	因此，说实话，公爵夫人见状
En ot la duchoise sanz fable[353]	une telle colère et une telle douleur	感到非常生气和痛苦，
Qu'ele se leva de la table	Qu'elle se leva de table	所以便佯装
515　Et a fait samblant par faintise[354]	En faisant semblant	身体不适
Que maladie li soit prise.	D'être prise d'un malaise.	起身离席。
[Alee est couchier en son lit	[Elle alla se coucher sur son lit	她躺到床上，
Ou ele ot petit de delit[355]][356]	Dans lequel elle avait peu de joie.]	郁郁寡欢。
Et li dus, quant il ot mengié	Et le duc, après avoir mangé,	公爵在饱餐后，
520　Et lavé et bien festoié[357],	S'être lavé les mains, avoir festoyé,	洗完手又玩乐一番后，

---

[352] *deshait* : (n.m.) affliction, chagrin（「痛苦」、「悲伤」）。*Deshait* 此处为第一类阳性名词偏格单数的形式，意思可以为「气馁」、「失望」(découragement)、「身体或心理的痛苦」(malaise physique ou moral)，然而根据上下文显示此处的 *deshait* 为心理上的不适，是故翻译为「痛苦」。

[353] *sanz fable* : sans mentir（「说真的」、「事实上」）。*Fable* 为第一类阴性名词偏格单数的形式，意思为「谎言」(mensonge)。

[354] *faintise* : (n.f.) feinte, dissimulation（「假装」、「伪装」）。

[355] *delit* : (n.m.) joie, plaisir（「高兴」、「快乐」）。*delit* 为第一类阳性名词偏格单数的变格形式。

[356] 517-518 行诗在此手稿中未被手抄员誊写出来。

[357] *festoié* : (participe passé) festoyé, fait la fête（「玩乐」、「消遣」）。*festoié* 为动词 *festoyer/festier* 的过去分词形式。

古法文原文	现代法文译文	中文译文
Si l'est tantost alez veoir	Est allé immédiatement la retrouver.	便立刻前去探望公爵夫人。
Et la fist sus son lit seoir,	Il la fit asseoir sur son lit	他命人让公爵夫人坐在床上,
Et a <u>commandé</u> que nului	Et ordonna que personne d'autre	随后下令除了他以外
Ne remaingne [358] leenz[359] for[360] lui.	Ne reste dans la chambre sauf lui.	无人待在房内。
525 [9a] L'en fet tantost ce qu'il <u>commande</u>,	On fait aussitôt ce qu'il commande,	令下即行。
<u>Et</u> li dus errant[361] li demande	Le duc lui demande tout de suite	公爵立马询问夫人
<u>Comment</u> cist maus[362] li est venu	Comment ce malaise lui est venu	是怎么个不舒服法
Et que ce est qu'ele a eü.	Et ce qu'elle a eu.	以及她的状况如何。
Ele respont : « Si Diex[363] me gart,	Elle répond : « Que Dieu me protège,	夫人答道：「愿天主保佑我,

---

[358] *remaingne* : (subj. prés.) reste, demeure（「待」、「停留」）。*remaingne* 为动词 *remanoir/ remaindre* (< *lat.* remanere) 的虚拟式现在时 p3 的形式。

[359] *leenz* : (adv.) là-dedans（「在那里面」、「里面」）。

[360] *for* : (prép.) sauf, excepté（「除了……以外」、「……除外」）。

[361] *errant* : (adv.) promptement, immédiatement（「立刻」、「即刻」）。

[362] *maus* : (n.m.) mal, malaise（「身体不适」、「不舒服」）。*Maus* 此处为第一类阳性名词正格单数的形式。

[363] *Diex* : (n.m.) Dieu（「天主」、「上帝」）。*Diex* 等同于拼写法 *Dieus*，此处为第一类阳性名词正格单数的形式。

古法文原文	现代法文译文	中文译文
530 Je ne m'en donoie regart	Je ne pensais pas	没承想
Orains[364], quant au mengier m'assis,	Tout à l'heure, quand je m'assis à table,	就在刚才，我坐在餐桌前时，
Que greignor[365] sens[366] et plus d'avis[367]	Que vous n'avez pas plus de bon sens	我并没有看到夫君展现出更加睿智
N'avez en vous que je n'i vi,	Et de jugement que je ne vis en vous,	和更有决断力的一面，
Quant vous tenez plus chier[368] celui	Comme vous avez plus d'estime	因为您对那位我和您说过
535 Que je vous ai dit qui porchace[369]	Pour celui dont je vous ai dit qu'il cherche	他想方设法要玷污和败坏
Qu'il a moi honte et despit[370] face ;	À me déshonorer et à m'humilier.	我名声的仁兄更加器重了，

---

[364] *Orains* : (adv.) tout à l'heure, il y a peu de temps（「刚才」、「不久之前」）。

[365] *greignor* : (adj.) meilleur（「较好的」、「更好的」）。*Greignor* 属于第三类综合比较级形容词，此处为偏格单数的形式。

[366] *sens* : (n.m.) bon sens, sagesse（「通情达理」、「睿智」）。*Sens* (< *lat.* sensum) 属于第四类阳性名词无变格法，此处为偏格单数的形式。

[367] 手稿中的原文为 *plus d'amis*。

[368] *vous tenez chier* : (ind. prés.) vous aimez, vous prisez, vous estimez（「您喜爱」、「您赏识」、「您器重」）。

[369] *porchace* : (ind. prés.) cherche à（「力求」、「设法」）。*Porchace* 为动词 *porchacier* 直陈式现在时 p3 的形式。

[370] *despit* : (n.m.) honte, humiliation（「污辱」、「耻辱」）。*Despit* (< *lat.* despectum) 此处为第一类阳性名词偏格单数的形式。

古法文原文	现代法文译文	中文译文
Et quant vi que plus biau samblant	Aussi quand je vous vis lui montrer	是以当我看见您对他表现出
Li feïstes que de devant[371],	Plus d'amabilité qu'avant,	比以往更加盛情款待的样子时，
Si grant duel[372] et si grant ire[373] oi	J'en ai ressenti une si grande douleur et une si grande colère	我为此感到痛苦万分和怒火中烧，
540 Qu'ilueques demorer ne poi.	Que je ne pus rester là-bas.	以至于我无法待在那里。」
— **Ha** !fet li dus, ma douce amie,	— Ha ! dit le duc, ma douce amie,	公爵答道：「哎呀！我温柔的爱人，
Sachiez, je n'en croiroie mie	Sachez que je ne saurais croire	要知道为夫是不会相信
Ne vous ne autre creature	De vous ni de personne d'autre	您或其他任何人所说的话，
Que onques por nule aventure	Que, en aucun cas,	因为无论如何
545 Avenist ce que vous[374] me dites ;	Ce que vous m'avez raconté n'ait jamais eu lieu.	您和我说的那事情从未发生过。

---

[371] 手稿中的原文为 li feïstes plus que de devant。

[372] *duel* : (n.m.) douleur, affliction (「痛苦」、「悲伤」)。*duel* 此处为第一类阳性名词偏格单数的形式，其正格单数的形式为 *duels/ dueus*。

[373] *ire* : (n.f.) colère (「愤怒」、「怒气」)。

[374] 手稿中的原文为 ce que voust。

古法文原文	现代法文译文	中文译文
Ainz sai bien qu'il en est toz quites[375],	Au contraire, je sais bien qu'il est tout à fait innocent,	反倒是我知道他是完全无辜的,
N'onques ne penssa de ce fere.	Et que jamais il a pensé à faire cela.	他从未想过要做这种事。
Tant ai apris de son afere[376] ;	J'en ai appris assez long sur ce sujet,	我已知晓此事的来龙去脉,
Si ne m'en enquerez[377] ja plus. »	Et ne m'en demandez pas davantage. »	休要再追问此事。」
550 Atant se part d'iluec li dus ;	Alors le duc sort de la chambre,	于是公爵离开了夫人所在的房间,
Et ele remest[378] molt penssive[379],	Et la duchesse reste plongée dans ses pensées,	公爵夫人则陷入了沉思之中,
Que ja més jor que ele vive,	Car aucun jour de sa vie,	因为在她获得更进一步
Une eure a aise ne sera	Elle n'aura une heure de répit	关于公爵禁止她

---

[375] *quites* : (adj.) absous, acquitté, innocent（「赦免无罪的」、「无辜的」）。

[376] *afere* : (n.m. et n.f.) affaire（「事情」）。

[377] *enquerez* : (imp.) demandez, enquérez（「打探」、「探听」）。*enquerez* 为动词 *enquerir* 的命令式现在时 p5 的形式。

[378] *remest* : (ind. passé simple) resta（「处于」、「保持」）。*Remest* 为动词 *remanoir* 的直陈式简单过去时 p3 的形式。

[379] *penssive* : (adj.) pensive（「沉思的」、「深思的」）。

古法文原文	现代法文译文	中文译文
Devant que plus apris avra	Avant qu'elle en ait appris davantage	探听的任何讯息之前，
555 De ce que li dus li desfent[380]	Sur ce que le duc lui interdit	她活着的每一天
Qu'ele ne li demant noient[381] ;	De lui poser la moindre question ;	都无法得到片刻的安宁。
Que ja ne l'en tendra desfensse[382],	Pourtant cette interdiction ne la retiendra pas,	但是这项禁令并无法箝制她，
Quar en son cuer engin[383] porpensse[384]	Car en son cœur elle médite déjà une ruse	因为在她心里已经在为了能够得知真相
Qu'ele le porra bien savoir,	Pour pouvoir savoir la vérité,	而开始盘算一套策略，
560 S'ele le sueffre[385] jusqu'au soir,	Si elle patiente jusqu'au soir,	倘若她能够耐心等到夜晚，
Qu'ele ait le duc entre ses braz,	Lorsqu'elle aura le duc dans ses bras,	当她将公爵拥入怀中之时，

---

[380] *desfent* : (ind. prés.) interdit, défend, ne permet pas（「禁止」、「制止」、「不允许」）。*desfent* 为动词 *desfendre*（< *lat.* defendere）的直陈式现在时 p3 的形式。

[381] *noient* : (pron. indéf.) rien, nulle chose（「没有任何事物」、「什么也没有」）。*Noient* 为现代法文的 *néant*，意即「无」，为非指示代名词 (forclusif)，和表示否定的副词 *ne* (discordantiel) 连用，用以加强否定之意 (renforcement de négation)。

[382] *desfensse* : (n.f.) interdiction（「禁止」、「禁令」）。

[383] *engin* : (n.m.) ruse（「计谋」、「诡计」）。

[384] *porpensse* : (ind. prés.) médite, projette（「策画」、「盘算」）。*porpensse* 为动词 *porpensser* 的直陈式现在时 p3 的形式。

[385] *sueffre* : (ind. prés.) patiente, attend（「耐心等候」、「等待」）。*sueffre* 为动词 *sof(f)rir*（< *lat. pop.* suferire）的直陈式现在时 p3 的形式。

古法文原文	现代法文译文	中文译文
Qu'ele set bien qu'en tel solaz[386]	Elle sait bien, qu'en tels plaisirs	因为她清楚地知道，在这样的床第之欢之时，
En fera, ce ne dout[387] je point,	Elle fera mieux de lui sa volonté	她比其他时候更能让公爵
Miex son vouloir qu'en autre point.	Qu'à un autre moment, je n'en doute pas.	听从她的意愿，对此我深信不疑。
565 Por ce adonc[388] atant se tint[389],	Pour cette raison, elle se contient donc,	正因如此，她当时便克制自己，
Et quant li dus couchier se vint,	Et, quand le duc vint se coucher,	之后当公爵前来就寝时，
A une part du lit s'est traite[390] ;	Elle se retira à l'autre bout du lit,	她退缩到床的另一头，
Samblant fet que point ne li haite[391]	Et fit semblant qu'il ne lui plaît pas	假装不喜欢

---

[386] 手稿中的原文为 qu'ele set bien tel solaz。

[387] *dout*：(ind. prés.) doute（「怀疑」、「疑惑」）。*dout* 为动词 *douter*（< *lat.* dubitare）的直陈式现在时 p3 的形式。

[388] *adonc*：(adv.) donc（「因此」、「是故」）。

[389] *se tint*：(ind. passé simple) se domina, se contint（「克制」、「抑制」）。*tint* 为动词 *tenir* 的直陈式简单过去时 p3 的形式。

[390] *s'est traite*：(ind. passé composé) s'est retiré（「退后」、「躲避」）。*traite* 为动词 *traire* 的过去分词阴性单数形式。

[391] *haite*：(ind. prés.) fait plaisir, réjouit（「使开心」、「使喜悦」）。*haite* 为动词 *haitier* 的直陈式现在时 p3 的形式。

古法文原文	现代法文译文	中文译文
Que li dus o li gesir[392] doie[393],	Que le duc vienne s'étendre près d'elle,	公爵前来躺在她的身边,
570 Qu'ele set bien ce est la voie[394]	Car elle sait bien que c'est le seul moyen	因为她清楚地知道
De son mari metre au desouz[395]	De prendre le dessus sur son mari	佯装生气是她唯一能够
Par fere samblant de corouz.	En feignant la colère.	战胜她夫君的途径。
Por ce se tint en itel guise[396]	C'est pourquoi elle se comporte de telle manière	这是为何她要表现出这样的态度,
Que ele miex le duc atise[397]	Qu'elle incite mieux le duc	好让公爵更
575 [9b] A croire que molt soit irie[398] ;	À croire qu'elle est très fâchée	相信她十分地愤怒。

---

[392] *gesir* : (v. inf.) être couché, être étendu, se coucher (「平卧」、「平躺」)。

[393] *doie* : (subj. prés.) doive (「打算」、「将要」)。*doie* 为动词 *devoir* 的虚拟式现在时 p3 的形式。

[394] *voie* : (n.f.) chemin, moyen (「途径」、「方法」)。

[395] *metre au desouz de* : triompher de, dominer, l'emporter sur (「占优势」、「战胜」)。

[396] *guise* : (n.f.) façon, manière (「方法」、「方式」)。*atise* 为动词

[397] *atise* : (ind. prés.) excite, incite (「引起」、「激起」)。*atise* 为动词 *atisier* 的直陈式现在时 p3 的形式。

[398] *irie* : (adj.) fâchée, furieuse (「愤怒的」、「生气的」)。

古法文原文	现代法文译文	中文译文
Por ce, sanz plus, qu'il l'a besie[399],	Alors, parce qu'il l'a embrassée, sans plus,	所以公爵只因吻了她，
Li dist ele : « Molt estes faus[400]	Elle lui dit : « Vous êtes bien menteur,	她便对他说道：「您是个十足的骗子、
Et trichierres[401] et desloiaus[402],	Fourbe et déloyal,	奸猾小人和不忠诚之人，
Qui moi moustrez samblant d'amor,	Vous qui me faites des marques d'amour,	您假意表现出爱我的样子，
580 N'onques ne m'amastes[403] nul jor !	Mais vous ne m'avez jamais aimée !	然而您却从来没有爱过我！
Et j'ai esté lonc tens[404] si fole	J'ai été longtemps assez folle	很长一段时间我还一直傻傻地
Que j'ai creu vostre parole,	Pour croire en vos paroles,	相信您的话，
Que souventes foiz[405] me disiez	Car vous me disiez maintes fois	因为您多次和我说

---

[399] *besie* : (participe passé) embrassée (「吻」、「拥吻」)。*besie* 为动词 *besier* 的过去分词阴性单数形式。

[400] *faus* : (adj.) menteur, tricheur (「骗人的」、「说谎的」)。

[401] *trichierres* : (adj) trompeur, fourbe (「奸诈的」、「狡猾的」)。

[402] *desloiaus* : (adj) déloyal (「不忠诚的」、「不诚实的」)。

[403] *amastes* : (ind. passé simple) aimâtes (「心悦」、「倾心」)。*amastes* 为动词 *amer* 的直陈式简单过去时 p5 的形式。

[404] *lonc tens* : longtemps (「很久」、「长久时间」)。

[405] *souventes foiz* : un grand nombre de fois, maintes fois (「多次」、「屡次」)。

古法文原文	现代法文译文	中文译文
Que de cuer loial m'amiiez[406] !	Que vous m'aimiez d'un cœur loyal,	您是真心实意地爱恋着我，
585 Més hui [407] m'en sui aperceue,	Mais je me suis aperçue aujourd'hui	但是我今天发现
Que j'en ai esté deceüe[408] ! »	Que j'ai été trompée ! »	我被您骗了！」
Et li dus dist : « Et vous, a qoi ?	Le duc lui dit : « En quoi ? »	公爵对她说道：「为夫骗了您什么了？」
— Ja me deïstes[409], par ma foi,	« Par ma foi, vous m'avez dit,	心怀不轨的夫人说道：
Fet cele qui a mal i bee[410],	Dit-elle, qui pense à mal faire,	「老实说，您不是和我说过
590 Que je ne fusse si osee[411]	De ne pas avoir l'audace	不要胆敢尝试
Que je vous enqueïsse[412] rien	De vous poser la moindre question	询问您任何您已知晓

---

[406] *amiiez* : (ind. impf.) aimiez（「爱恋」、「钟情」）。*amiiez* 为动词 *amer* 的直陈式未完成过去时 p5 的形式。

[407] *hui* : (adv.) aujourd'hui（「今天」、「今日」）。

[408] *deceüe* : (participe passé féminin) trompée（「欺骗」、「使上当」）。

[409] *deïstes* : (ind. passé simple) dîtes（「说」、「讲」）。*deïstes* 为动词 *dire* 的直陈式简单过去时 p5 的形式。

[410] *bee* : (ind. prés.) aspire à, tend à（「渴望」、「倾向」）。*bee* 为动词 *baer/ beer* 的直陈式现在时 p3 的形式。

[411] *osee* : (participe passé et adj.) audacieuse（「大胆的」、「无礼的」、「放肆的」）。

[412] *enqueïsse* : (subj. impf.) demandasse（「要求」、「请求」）。*enqueïsse* 为动词 *enquerir/ enquerre* 的虚拟式未完成过去时 p1 的形式。

古法文原文	现代法文译文	中文译文
De ce que or savez vous bien.	Sur ce que vous savez bien. »	来龙去脉的问题吗？」
— De qoi, suer [413], savez vous, por Dé[414] ?	« De quoi parlez-vous, belle sœur, Par Dieu ? »	「我的好妹妹，看在天主的份上，您在说什么呢？」
— De ce que cil vous a conté,	« De ce que le chevalier vous a raconté,	夫人说道：「我在说那位骑士和您说的内容
595 Fet ele, mençonge et arvoire[415],	Dit-elle, des mensonges et des billevesées	都是些为了让您相信他的
Qu'il vous a fet pensser et croire.	Qu'il vous a fait accroire.	谎言和妄语。
Més de ce savoir ne me chaut[416],	Mais peu m'importe de les connaître,	反正知道这些内容对我也无关紧要，
Que j'ai penssé que petit vaut	Car j'ai pensé qu'il me sert peu	因为我意识到真心实意地

---

413 *suer* : (n.f.) sœur（「姊妹」、「姐姐」、「妹妹」）。*suer* 为第三类阴性名词正格单数的变格形式。

414 *Dé* : (n.m.) Dieu（「天主」、「上帝」）。*Dé* 为 *Deu* 的省略写法，此处为第一类阳性名词偏格单数的形式。

415 *arvoire* : (n.m.) mensonge, illusion, billevesée（「谎言」、「空想」、「幻想」）。

416 *chaut* : (ind. prés.) importe（「对……有关系」、「对……具有重要性」）。*chaut* 为动词 *chaloir* 直陈式现在时 p3 的动词变化形式。

古法文原文	现代法文译文	中文译文
En vous amer de cuer loial :	De vous aimer d'un cœur loyal.	爱着您是件对我裨益甚微的事情。
600 Que c'onques fust ou bien ou mal,	Que ce fût en bien ou en mal,	无论是好的还是坏的事情，
Mes cuers riens ne vit ne ne sot	Mon cœur ne vit jamais ni sut rien	我的心从未理解和知晓
Que ne seüssiez ausi tost ;	Que vous ne l'ayez su aussitôt.	您当下已经知道的事情。
Et or voi que vous me celez,	Et maintenant je vois bien que vous me cachez,	现在我清楚地知道您按照
Vostre merci, les voz penssez.	À votre bon plaisir, vos pensées.	您的意愿对我隐瞒了您的想法。
605 Si sachiez ore sanz doutance[417]	Sachez donc, sans aucun doute,	您要深信
Que jamés n'avrai tel fiance[418]	Que désormais je ne vous porterai plus cette confiance	自此以后我不会再给予您
En vous, ne cuer de tel maniere	Et cette affection	和往昔一样的

---

[417] *sanz doutance* : sans doute, assurément（「毫无疑问地」、「一定地」）。*Doutance* 此处为第一类阴性名词偏格单数的形式，意思为「猜疑」(soupçon)、「怀疑」(doute)。

[418] *fiance* : (n.f.) confiance（「信任」、「信赖」）。

古法文原文	现代法文译文	中文译文
Com j'ai eü ça en arriere[419]. »	Que j'ai eues par le passé. »	信任与感情。」
Lors a commencié a plorer	Alors la duchesse se mit	随即公爵夫人便开始
610 La duchoise et a souspirer,	À pleurer et à soupirer	尽其所能地
Et s'esforça[420] plus qu'ele pot[421].	Et s'y efforça autant qu'elle le put.	哭泣叹息。
Et li dus tel pitié en ot	Le duc en éprouva tant de pitié	公爵因此产生了强烈的怜悯之心，
Qu'il li a dit : « Ma bele suer,	Qu'il lui dit : « Ma chère sœur,	便对她说道：「我的好妹妹，
Je ne soufferroie a nul fuer	Pour rien au monde je ne supporterais	无论如何我都无法忍受
615 Ne vostre corouz ne vostre ire ;	Votre colère et votre mécontentement,	您的愤怒与不满，
Més, sachiez, je ne puis[422] pas dire	Mais, sachez-le, je ne puis dire	但是，要知道，要是我对您说出

---

419 *ça en arriere* : auparavant, naguère, autrefois (「从前」、「不久以前」)。

420 *s'esforça* : (ind. passé simple) s'efforça, se donna de la peine (「努力」、「尽力」)。 *s'esforça* 为动词 *s'esforcier* 的直陈式简单过去时 p3 的动词变化形式。

421 *pot* : (ind. passé simple) put (「能够」、「可以」)。*pot* 为动词 *pooir* 的直陈式简单过去时 p3 的动词变化形式。

422 手稿中的原文为 je ne vueil。

古法文原文	现代法文译文	中文译文
Ce que volez que je vous die[423]	Ce que vous voulez que je vous dise	您希望我对您诉说的事情，
Sanz fere trop grant vilonie[424].	Sans commettre une très grande vilenie. »	我便犯下了卑鄙的滔天大错。」
Ele respont isnel le pas :	Elle répond sur-le-champ :	她立刻答道：
620 « Sire, si ne m'en dites pas,	« Seigneur, ne me le dites pas,	「夫君，别和我说这些，
Quar je voi bien a cel samblant	Car je vois bien, à votre attitude,	因为照您的态度，我清楚地知道
Qu'en moi ne vous fiez[425] pas tant	Que vous n'avez pas assez de confiance en moi	您对我不够信任，
Que celaisse[426] vostre conseil ;	Pour croire que je garde votre secret.	所以您不相信我会保守您的秘密。
Et sachiez que molt me merveil[427] :	Sachez que j'en suis très surprise :	要知道我对此感到非常诧异，

---

[423] *die* : (subj. prés.) dise (「说」、「讲」)。*die* 为动词 *dire* 虚拟式现在时 p1 的动词变化形式。

[424] *vilonie* : (n.f.) vilenie (「卑鄙的行为」、「卑劣的行为」)。

[425] *vous fiez en moi* : (ind. prés.) vous vous fiez à moi, vous avez confiance en moi (「您信任我」、「您对我信任」)。

[426] *celaisse* : (subj. impf.) cachasse, celasse, gardasse secret (「隐藏」、「保守秘密」)。*celaisse* 为动词 *celer* 的虚拟式未完成过去时 p1 的形式。

[427] *me merveil* : (ind. prés.) je m'étonne (「我惊讶」、「我吃惊」)。*me merveil* 为动词 *s'emerveillier* 的直陈式现在时 p1 的动词变化形式。

古法文原文	现代法文译文	中文译文
625 [9c] Ainc n'oïstes [428] grant ne petit	Jamais vous n'avez entendu dire	因为您应该从未听见过
Conseil que vous m'eüssiez dit[429],	Qu'un des secrets, grand ou petit, que vous m'aviez confié	您之前和我吐露过的秘密，无论是大的秘密或是小的秘密，
Dont descouvers [430] fussiez par moi ;	Ait été livré par moi ;	之后被我泄露过的吧。
Et si vous di[431], en bone foi,	Et je vous le dis en toute bonne foi,	我很真诚地告诉您，
Ja en ma vie n'avendra. »	Cela n'arrivera jamais de ma vie. »	这辈子我绝对不会做出泄密这种事。」
630 Quant ce ot dit, si replora[432] ;	Quand elle eut dit cela, elle se remit à pleurer ;	公爵夫人说罢，便又开始哭了起来。

---

[428] *oïstes* : (ind. passé simple) vous entendîtes (「您听见过」)。*oïstes* 为动词 *oïr* 的直陈式简单过去时 p5 的形式。

[429] *m'eüssiez dit* : (subj. plus-que-parfait) m'eussiez dit (「您告诉过我」)。*eüssiez dit* 为动词 *dire* 的虚拟式愈过去时 p5 的形式。

[430] *descouvers* : (participe passé) dévoilé (「揭露」、「泄漏」)。*descouvers* 为动词 *descouvrir* 的过去分词的形式。

[431] *di* : (ind. prés.) je dis (「我说」、「我告诉」)。*di* 为动词 *dire* 的直陈式的直陈式现在时 p1 的动词变化形式。

[432] *replora* : (ind. passé simple) pleura de nouveau, se remit à pleurer (「重新开始哭泣」、「又开始哭泣」)。*replora* 为动词 *replorer* 的直陈式简单过去时 p3 的动词变化形式。

古法文原文	现代法文译文	中文译文
Et li dus si l'acole et bese,	Le duc la prit par le cou et lui donna un baiser,	公爵用双臂搂住了夫人的脖子，并且亲吻了她，
Et est de son cuer a malese,	Son cœur si bouleversé	公爵那时心慌意乱
Si que plus ne se pot tenir	Qu'il ne put se retenir	到无法克制自己
De [433] sa volenté descouvrir ;	De dévoiler ce qu'elle voulait.	不对他的夫人泄露她想知道的事情。
635 Puis se li a dit : « Bele dame,	Il lui a dit alors : « Ma belle dame,	之后他便对她说道：「我的好夫人，
Je ne sai que face, par m'ame,	Je ne sais que faire, sur mon âme,	为夫我以自己的灵魂起誓，我不知道该怎么办了，
Que tant m'afi en vous[434] et croi	Car je me fie tant à vous	因为我对夫人您非常信任，
Que chose celer ne vous doi	Que je ne dois pas vous cacher	是以我不应当对您隐瞒
Que li miens cuers sache ne ot ;	De ce que je sais ou entends.	我所知道和听闻到的事情。

---

[433] *se tenir de* : (inf.) s'empêcher de, se tenir de (「克制」、「抑制」)。

[434] *m'afi en vous* : (ind. prés.) je me fie à vous, je fais confiance à vous (「我信任您」)。 *afi* 为动词 *afier* 的直陈式现在时 p1 的动词变化形式。

古法文原文	现代法文译文	中文译文
640 Més, je vous pri, n'en parlez mot :	Mais, je vous en prie, n'en soufflez mot :	但是我请求您休要走漏风声，
Sachiez, et itant vous en di,	Sachez, et je vous le dis avec insistance,	我得和您强调一下，要知道，
Que, se je sui par vous trahi,	Que, si je suis trahi par vous,	倘若您背叛了我，
Vous en receverez la mort. »	Vous recevrez la mort. »	我会杀了您的。」
Et ele dist : « Bien m'i acort[435] !	Et elle dit : « J'y consens bien ;	夫人答道：「我同意。
645 Estre ne porroit que feïsse	Il est impossible que	我是不可能对您做出
Chose dont vers vous mespreïsse[436]. »	J'agisse de façon déloyale envers vous. »	不忠不义的事的。」
Cil qui l'aime por ce le croit	Il l'aime, il l'en croit donc,	公爵因为爱她所以相信了她，
Et cuide que veritez soit	Et s'imagine que ce qu'elle lui dit	并且自认为她对他说的话
De ce que li dist, puis li conte[437]	Est véridique, ainsi il lui raconte	都是真的，因此他便将

---

[435] *m'i acort* : (ind. prés.) j'y consens（「我同意」）。

[436] *mespreïsse* : (subj. prés.) je commisse une faute（「我犯错」）。*mespreïsse* 为动词 *mesprendre* 的虚拟式现在时 p1 的动词变化形式。

[437] *conte* : (ind. prés.) raconte（「讲述」、「描述」）。*conte* 为动词 *conter* 的直陈式现在时 p3 的动词变化形式。

古法文原文	现代法文译文	中文译文
650 De sa niece trestout le conte[438],	Toute l'histoire de sa nièce,	他侄女的整个事情都告诉了她,
Comme apris l'ot du chevalier,	Comment il l'avait apprise du chevalier,	他如何从骑士那得知事情的经过,
Et comment il fu el[439] vergier	Et comment il avait été dans le verger,	还有他如何待在果园的
En l'anglet[440] ou il n'ot qu'eus .ii.,	Dans le coin où ils n'étaient qu'eux deux,	一隅，在那里只有他和骑士两个人,
Quant li chienés[441] s'en vint a eus ;	Lorsque le petit chien vint vers eux,	当小狗来到他们身边时;
655 Et de l'issue et de l'entree	Et il lui a fidèlement raconté	之后他对夫人如实讲述了
Li a la verité contee,	La rencontre et la séparation,	这对情侣如何见面和分离,
Si qu'il ne li a riens teü	Il n'omet rien	公爵没有遗漏掉任何
Qu'il i ait oï ne veü.	De ce qu'il a entendu et vu.	他的所见所闻。

---

[438] *conte* : (n.m.) conte, histoire, récit（「故事」、「事情的经过」）。

[439] *el* : (= en + le) dans le（「在…之内」）。古法文中，当介系词 *en* 之后跟随定冠词 *le* 与名词 *vergier* 时，介系词 *en* 与定冠词 *le* 常会省略为 *el*。

[440] *anglet* : (n.m.) petit coin（「小角落」）。

[441] *chienés* : (n.m.) petit chien（「小狗」）。

古法文原文	现代法文译文	中文译文
Et quant la duchoise l'entent	Quand la duchesse entend	当公爵夫人听到
660 Que cil aime plus bassement[442]	Que celui qui a refusé son amour	拒绝她的爱的那个人
Qui de s'amor l'a escondite,	Aime une dame d'un rang inférieur,	居然爱的是一位社会地位低于她的贵族女士时，
Morte se tient et a despite ;	Elle ressent un affront mortel.	她感受到莫大的屈辱。
Més ainc de ce samblant ne fist,	Mais, elle ne laisse rien paraître,	然而她却不动声色地
Ainçois otroia et promist	Elle accorde et promet	答应并承诺
665 Au duc a si celer ceste oevre[443]	au duc de tenir cette affaire secrète :	公爵对此事保守秘密，
Que, se c'est qu'ele le descuevre,	Si c'est elle qui la dévoile,	因为假使她将此事泄露出去的话，
Que il la pende[444] a une hart[445] !	Qu'il la pende haut et court !	公爵会用绳索将她高高吊死。

---

[442] *bassement* : (adv.) de rang bas, de lieu bas (「社会地位低的」)。

[443] *oevre* : (n.f.) affaire (「事情」、「事件」)。

[444] *pende* : (subj. prés.) pende (「绞死」、「吊死」)。*pende* 为动词 *pendre* 的虚拟式现在时 p3 的动词变化形式。

[445] *hart* : (n.f.) corde (「绳索」、「绞索」)。

古法文原文	现代法文译文	中文译文
Et se li est il ja molt tart[446]	Déjà il lui tarde fort	公爵夫人现在已经迫不及待地
D'a celi parler qu'ele het[447],	De parler à la châtelaine qu'elle déteste	要和她厌恶的城堡主夫人说话，
670 Dés icele eure qu[448]'ele set	À partir du moment où elle sait	从她知道
Que ele est amie a celui	Que la châtelaine est l'amie de l'homme	城堡主夫人是让她蒙受耻辱
Qui li fet et honte et anui	Qui lui fait éprouver des sentiments de honte et d'affront,	的那位仁兄的爱人那刻起，
Por itant[449], ce li est avis[450],	Il lui semble que c'est pour cette raison	对公爵夫人而言，正是因为她的缘故

---

[446] *li est il tart*：il lui tarde, elle a hâte（「她急于」、「她真想」）。*Il est tart a quelqu'un* 这个固定词组中的副词 *tart* 在此处当作中性形容词用，意思为「某人急于」。

[447] *het*：(ind. prés.) hait（「憎恶」、「厌恶」）。*het* 为动词 *haïr* 的直陈式现在时 p3 的动词变化形式。

[448] *Dés icele eure que*：depuis que, à partir du moment où（「自从……以后」、「从……时刻起」）。

[449] *Por itant* (que)：c'est pourquoi, c'est pour cette raison (que)（「这是为什么」、「因此」）。

[450] *ce li est avis*：il lui semble（「对她而言」、「在她看来」）。

古法文原文	现代法文译文	中文译文
Qu'il ne vout[451] estre ses amis.	Qu'il ne veut pas être son ami.	骑士才不愿意成为她的情人。
675 [9d] Si afferme[452] tout son porpens[453].	Elle se résout,	她下定决心，
Que, s'ele voit ne lieu ne tens	Si elle trouve le lieu et l'occasion,	一旦她找到地点和时机
Qu'a la niece le duc parolt[454],	À s'entretenir avec la nièce du duc,	与公爵的侄女交谈，
Qu'ele li dira ausi tost,	Elle lui en parlera aussitôt,	她马上便会口无遮拦地
Ne ja ne celera tel chose	Sans ménager des propos	谈及此事，
680 Ou felonie avra enclose.	Où elle aura renfermé une félonie.	并且在话语间隐藏着背叛的讯息。
Més ainc en point[455] n'en lieu n'en vint	Mais ni le moment ni le lieu ne vinrent	然而这个地点和时机
Tant que la Pentecouste[456] vint	Avant la Pentecôte qui suivit,	一直要等到圣灵降临节才来到，

---

[451] *vout* : (ind. prés.) veut （「想」、「愿意」）。*vout* 为动词 *voloir* 的直陈式现在时 p3 的动词变化形式。

[452] *afferme* : (ind. prés.) affermit, fixe, arrête （「打定」、「确定」、「加强」）。*afferme* 为动词 *affermer* 的直陈式现在时 p3 的动词变化形式。

[453] *porpens* : (n.m.) réflexion, pensée, considération （「想法」、「考虑」）。

[454] *parolt* : (ind. prés.) parle, s'entretient （「说话」、「交谈」）。*parolt* 为动词 *parler* 的直陈式现在时 p3 的动词变化形式。

[455] *point* : (n.m.) moment, occasion （「时间」、「时机」）。

[456] *Pentecouste* : (n.f.) Pentecôte （「圣灵降临节」、「五旬节」）。

古法文原文	现代法文译文	中文译文
Qui aprés fu, a la premiere	Et qui fut la première fête	这是公爵继之举办的
Que li dus tint cort molt pleniere[457]	Où le duc tint sa cour si plénière	第一个如此盛大的宫廷集会，
685　Si qu'il envoia partout querre	Qu'il envoya partout chercher	是以他四处派人找来
Toutes les dames de la terre,	Toutes les dames de la terre,	这个地区所有的贵族仕女，
Et sa niece tout premeraine[458]	Et avant toutes les autres sa nièce	首当其冲的是他的侄女
Qui de Vergi ert chastelaine.	Qui était châtelaine de Vergy.	——韦尔吉的城堡主夫人。
Et quant la duchoise la vit,	Et quand la duchesse l'aperçut,	公爵夫人一见到她，
690　Tantost toz li sans li fremist	Tout le sang lui frémit aussitôt,	血液立刻沸腾了起来，
Com cele del mont que plus het.	Parce que c'est celle qu'elle haïssait le plus au monde.	因为她正是公爵夫人在这世上最憎恨的人。

---

[457] *cort pleniere*：cour plénière（「宫廷盛会」、「全体会议」）。宫廷盛会是封建君主在重大节日如复活节、圣母升天节或者是圣灵降临节时聚集了全体的附庸，还有举行如同授予骑士封号、兵器和盔甲的仪式抑或结婚典礼时所有的臣子都会聚集在殿前。*Cort* 为第二类阴性名词偏格单数的形式。

[458] *tout premeraine*：toute la première, d'abord（「首先」、「第一」）。

古法文原文	现代法文译文	中文译文
Més son corage[459] celer set,	Mais elle sait cacher ses sentiments,	然而她知道要隐藏自己的想法,
Se li a fet plus bel atret[460]	Et lui fait meilleur visage	所以对韦尔吉的城堡主夫人表现出未曾有过的和颜悦色。
C'onques devant ne li ot fet ;	Que jamais auparavant.	
695 Més molt ot grant talent[461] de dire	Pourtant elle eut grande envie de dire	但是她极度想说出
Ce dont ele ot au cuer grant ire	Ce dont elle éprouve la grande colère en son cœur,	让她内心感受到强烈愤怒的那件事情,
Et la demeure molt li couste.	Et lui en coûte beaucoup d'attendre.	是以不惜代价她也要等待下去。
Por ce, le jor de Pentecouste,	Pour cela, le jour de la Pentecôte,	因此,圣灵降临节当天,
Quant les tables furent ostees,	Lorsque les tables furent enlevées,	当餐桌撤去时,
700 En a la duchoise menees	La duchesse a emmené	公爵夫人将贵族仕女

---

[459] *corage* : (n.m.) sentiments, pensée, cœur (「感受」、「想法」)。

[460] *atret* : (n.m.) accueil (「招待」)。

[461] *talent* : (n.m.) volonté, désir (「欲望」、「意愿」)。

古法文原文	现代法文译文	中文译文
Les dames en sa chambre o soi	Les dames avec elle dans sa chambre	带进她的房中
Por eles parer en reqoi[462]	Pour qu'en toute tranquillité	好让她们能够安心地
Por venir cointes aus caroles[463].	Elles puissent se parer élégamment aux bals.	优雅装扮赴舞会。
Lors ne pot garder ses paroles	Alors la duchesse, voyant le moment venu,	这时公爵夫人看见时机成熟，
705　La duchoise, qui vit son leu	Ne put s'empêcher de parler,	便忍不住开口说话，
Ainz dist ausi comme par geu[464] :	Et dit par jeu :	且以戏谑的口吻说道：
« Chastelaine, soiez bien cointe,	« Châtelaine, faite-vous bien belle,	「城堡主夫人，您可要打扮得美美的，
Quar bel et preu acointe. »	Car vous avez un ami beau et preux. »	因为您有一位英俊又勇敢的男友。」

---

[462] *en reqoi* : en toute tranquillité (「安心地」、「不受打扰地」)。*Reqoi* 为阳性名词，意思为「安静」(calme)、「心安」(tranquillité)。

[463] *caroles* : (n.f. pl.) danses (「舞蹈」、「跳舞」)。

[464] *geu* : (n.m.) jeu, plaisanterie (「开玩笑」、「戏谑」)。

古法文原文	现代法文译文	中文译文
Et cele respont simplement[465] :	La châtelaine répond innocemment :	城堡主夫人天真地答道：
710 « Je ne sai quel acointement[466]	« Je ne sais vraiment pas à quelle amitié	「我真的不知道您所想的
Vous penssez, ma dame, por voir,	Vous pensez, Madame,	是哪段情谊，夫人，
Que talent n'ai d'ami avoir	Car je n'ai pas envie d'avoir un ami	因为我并不想拥有一位
Qui ne soit del tout a l'onor	Qui ne soit tout à fait à l'honneur	不能完全配得上我
Et de moi et de mon seignor[467].	De moi et de mon seigneur.	和我夫君的男友。」
715 — Je l'otroi bien, dist la duchesse,	— Je vous l'accorde volontiers, dit la duchesse,	公爵夫人说道：「我赞同您说的话，
Més vous estes bone mestresse[468],	Mais vous êtes bonne maîtresse,	然而您可是个优秀的驯兽师，
Qui avez apris le mestier	Vous qui avez appris le métier	您学会了驯服

---

[465] *simplement* : (adv.) innocemment（「天真地」）。

[466] *acointement* : (n.m.) amitié, familiarité（「友谊」、「情谊」）。

[467] *mon seignor* : mon seigneur（「我的夫君」、「我的主公」）。由于前文并未提及城堡主夫人是否已婚，此处可以将 *seignor* 理解为「丈夫」或者是「主公」，此处翻译为「夫君」是因为宫廷文学中的贵妇身分几乎都是已婚贵族女子。*Seignor* 为第三类阳性名词偏格单数的形式，其相对应的正格单数为 *sire*。

[468] *mestresse* : (n.f.) maîtresse, dresseuse（「能手」、「驯兽师」）。

古法文原文	现代法文译文	中文译文
Du petit chienet afetier[469] ! »	De dresser un petit chien. »	一只小狗的技能。」
Les dames ont oï le conte,	Les dames ont entendu ces propos,	贵族仕女听见了这番话，
720　Més ne sevent a qoi ce monte[470] ;	Mais elles ne savent pas à quoi ils se rapportent,	却不明所以，
O la duchoise s'en revont	Elles reviennent avec la duchesse	她们伴随着公爵夫人回到
Aus caroles que fetes ont.	Vers les danses qu'elles ont organisées.	她们自己所举办的舞会上。
Et la chastelaine remaint :	Et la châtelaine reste :	而城堡主夫人则留在原地，
Li cuers li trouble d'ire[471] et taint,	Son cœur est bouleversé et assombri par le chagrin,	她的心被哀伤袭击到惊惶失措，郁郁寡欢，
725　[10a] Et li mue trestoz el ventre.	Bat à tout rompre dans sa poitrine.	心脏飞快地在胸口跳动着。
Dedenz une garaerobe[472] entre	Elle entre dans une petite chambre	她进入到一间小房间，

---

[469] *afetier* : (inf.) éduquer, dresser (「教育」、「训练」)。

[470] *a qoi ce monte*: à quoi il se rapporte, à quoi il a trait, où l'on veut l'en venir (「和什么有关」、「想要表什么」)。

[471] *ire* : (n.f.) tristesse, chagrin (「哀伤」、「哀伤」)。

[472] *garaerobe* : (n.f.) alcôve, chambre à coucher (「凹室」、「卧室」)。

古法文原文	现代法文译文	中文译文
Ou une pucelete estoit	Où se trouvait une fillette	在那里有一位小女孩
Qui aus piez du lit se gisoit,	Qui était étendue au pied du lit	躺在床边，
Més ele ne la pot veoir.	Mais elle ne put pas la voir.	她却无法看见小女孩的存在。
730 El lit s'est lessie cheoir[473]	Elle s'est laissée tomber sur le lit ;	城堡主夫人任由自己倒在床上，
La chastelaine molt dolente ;	La châtelaine très triste,	她十分伤心地
Iluec se plaint et se gaimente[474]	Elle se plaint et gémit là	在那儿自怨自艾和呻吟哀叹，
Et dist : « Ha ! sire Diex, merci !	Et dit : « Ah ! Seigneur Dieu, pitié!	并说道：「哎呀！天主大人，求您垂怜我！
Que puet estre que j'ai oï,	Qu'ai-je entendu ?	我都听见了什么？
735 Que ma dame m'a fet regret[475]	Madame m'a reproché	夫人责备我
Que j'ai afetié mon chienet ?	D'avoir dressé mon petit chien.	训练了我的小狗。

---

[473] *s'est lessie cheoir* : (ind. passé composé) s'est laissée tomber (「任由自己倒在」)。*Lessie* 为古皮卡第方言中过去分词阴性单数的形式，因为法兰西方言的过去分词阴性词尾为 *-iee*，古皮卡第方言会删减为 *-ie*。

[474] *se gaimente* : (ind. prés.) se lamente, gémit (「自怨自艾」、「哀叹」)。*Gaimente* 为动词 *gaimenter* 直陈式现在时 p3 的形式。

[475] *regret* : (n.m.) reproche, plainte (「指责」、「责备」)。此处的词组 *fere regret (a quelqu'un)* 意思为「指责某人让其对某事感到羞愧」。

古法文原文	现代法文译文	中文译文
Ce ne set ele par nului,	Elle ne peut le savoir par personne d'autre,	她是不可能从任何其他人处得知此事，
Ce sai je bien, fors par celui	Je le sais bien, si ce n'est par celui	我知道，除了那位
Qui j'amoie et trahie m'a ;	Que j'aimais et qui m'a trahie ;	我钟爱着的却又背叛我的人；
740 Ne ce ne li deïst il ja	Et il ne lui aurait jamais dit	倘若他不是与公爵夫人十分熟稔，
S'a li n'eüst grant acointance[476],	S'il n'était pas avec elle une grande familiarité,	还有倘若他不是确定爱她
Et s'il ne l'amast sanz doutance[477]	Et s'il ne l'aimait pas certainement	胜过于被他背叛的我，
Plus que moi qui il m'a trahie.	Plus que moi qu'il a trahie.	他是不会和她提及此事的。
Bien voi que il ne m'aime mie,	Je vois bien qu'il ne m'aime pas,	我现在清楚地知道他并不爱我，
745 Quant il me faut de couvenant.	Puisqu'il manque à notre accord.	因为他违背了我们之间的约定。

---

[476] *acointance* : (n.f.) familiarité, relation, amitié (「亲密」、「关系」、「情谊」)。

[477] *sanz doutance* : assurément, certainement (「一定地」、「毫无疑问地」、「确定地」)。

古法文原文	现代法文译文	中文译文
Douz Diex ! et je l'amoie tant	Doux Dieu, je l'aimais tant,	亲爱的天主，我一直如此地爱着他，
Comme riens peüst autre amer,	Autant qu'on peut aimer,	就如同人们心系所爱之人一般，
Qu'aillors ne pooie pensser	Je ne pouvais penser à rien d'autre,	我在白天夜晚的每时每刻
Nis[478] une eure ne jor ne nuit !	À toute heure du jour et de la nuit !	都无法想其他的任何事情！
750 Quar c'ert[479] ma joie et mon deduit[480],	C'était ma joie et mon bonheur,	因为他是我的快乐之泉源，我的幸福之泉源，
C'ert mes delis[481], c'ert mes depors[482],	C'était mon plaisir, et mon agrément,	我的乐趣之泉源，我的消遣之泉源，

---

[478] *Nis* : (adv.) même pas, même (「甚至不」、「甚至」)。

[479] *ert* : (ind. impf.) était (「是」)。*Ert* 为动词 *estre* 的直陈式未完成过去时 p3 的动词变化形式。

[480] *deduit* : (n.m.) plaisir, jouissance, bonheur (「快乐」、「愉悦」、「幸福」)。

[481] *delis* : (n.m.) plaisir, jouissance, joie, délice (「愉快」、「快乐」、「乐趣」)。*Delis* 此处为第一类阳性名词正格单数的形式，其偏格单数形式为 *delit*。

[482] *depors* : (n.m.) joie, plaisir, distraction (「愉悦」、「消遣」、「高兴」)。*Depors* 此处为第一类阳性名词正格单数的形式，其偏格单数形式为 *deport*。

古法文原文	现代法文译文	中文译文
C'ert mes solaz[483], c'ert mes confors[484].	C'était ma consolation et mon réconfort.	我的慰藉之泉源，鼓舞之泉源。
Comment a lui me contenoie[485]	Comme je restais tournée vers lui	每当我见不到他时，
De pensser, quant je nel[486] veoie !	par la pensée, quand je ne le voyais pas !	我的思绪一直围绕着他转，
755　Ha ! amis, dont est ce venu ?	Ah ! mon ami, comment est-ce arrivé ?	哎呀！我的爱人，到底发生了什么事？
Que poez estre devenu,	Que s'est-il passé	发生了什么事
Qui vers moi avez esté faus[487] ?	Pour que vous me soyez infidèle ?	让您不忠于我？
Je cuidoie que plus loiaus,	Si Dieu me vienne en aide,	愿天主保佑我，
Me fussiez, se Diex me consent,	Je croyais que vous étiez plus loyal envers moi	我一直以为您对我的忠诚度

---

483 *solaz* : (n.m.) joie, plaisir, divertissement, consolation (「愉快」、「消遣」、「快活」、「慰藉」)。

484 *confors* : (n.m.) réconfort (「鼓舞」、「鼓励」、「安慰」)。

485 *a lui me contenoie de pensser* : je restais tournée vers lui par la pensée (「我的思绪都是他」)。*me contenoie* 为自反动词 *se contenir* 的直陈式未完成时 p1 的形式，意思为「保持（在某种状态下）」。

486 *nel* : ne le (「不……他」)。*nel* 为否定副词 *ne* 与第三人称代名词形式轻音 *le* 所结合的省略形式。

487 *faus* : (adj.) infidèle (「不忠贞的」、「不忠诚的」)。

古法文原文	现代法文译文	中文译文
760 Que ne fu Tristans a Yseut ;	Que Tristan ne le fut envers Iseut.	胜于崔斯坦对伊索德。
Plus vous amoie la moitié,	Je vous aimais,	但愿天主垂怜我，
Se Diex ait ja de moi pitié,	Que Dieu ait pitié de moi,	我一直爱着您
Que ne fesoie moi meïsmes.	au double de moi-même.	双倍于爱我自己。
Onques avant ne puis ne primes[488]	Jamais auparavant, à aucun moment,	无论是过去或是任何时刻，
765 En penssé n'en dit ne en fet[489],	Ni en pensée, ni en parole, ni en action,	无论在意念上，语言上或是行为上，
Ne fis ne poi ne grant mesfet[490]	Je ne commis aucune faute, petite ou grande,	我从未犯过任何错误，无论是小的或大的错误，
Par qoi me deüssiez haïr	Pour laquelle vous auriez dû me haïr	好让您有理由憎恨于我，
Ne si vilainement trahir	Et me trahir de façon si ignoble,	以如此卑鄙的方式背叛我，

---

[488] *ne puis ne primes* : à aucun moment（「任何时候」）。*Puis* 意思为「之后」(après cela)、「此后」(depuis lors)；而 *primes* 的意思则是「一开始」(premièrement)、「首先」(d'abord)，所以这个词组的意思是「无论之前和之后」，所以此处的意思为「任何时候」。

[489] *fet* : (n.m.) acte, action, fait（「行为」、「行动」）。

[490] *mesfet* : (n.m.) faute（「错误」、「过失」）。

古法文原文	现代法文译文	中文译文
Comme a noz amors depecier[491]	En déchirant notre amour	撕碎了我们的爱情，
770 Por autre amer et moi lessier[492],	Pour en aimer une autre et m'abandonner	好让您爱上另一位女士，并且抛弃我，
Et descouvrir notre conseil.	Et révéler notre secret.	以及泄漏了我们的秘密。
Hé ! lasse ![493] amis, molt me merveil,	Hélas ! mon ami, je m'en étonne fort,	唉！我的爱人，我感到非常诧异，
Que li miens cuers, si m'aït Diex,	Car mon cœur, que Dieu m'aide,	但愿天主保佑我，因为我的心
Ne fu onques vers vous itiex,	Ne fit jamais une telle conduite envers vous,	从未对您做出此等的行为，

---

[491] *depecier* : (inf.) dépecer, déchirer (「撕成碎块」、「撕裂」)。

[492] *lessier* : (inf.) abandonner, délaisser (「放弃」、「遗弃」)。

[493] *Hé lasse* : (interj.) hélas (「唉」、「哎呀」)。此处的 *hé lasse* 为 *hé las* 的阴性形式，由于此处为韦尔吉的城堡主夫人在说话，所以得用阴性形式，现代法文只保留下阳性形式，并且将两个词合并为一个词 *hélas*。

古法文原文	现代法文译文	中文译文
775 [10b] Quar, se tout le mont[494] et neïs[495]	Car, si Dieu m'avait donné toute la terre et même	因为就算天主赐于我整个大地甚至是
Tout son ciel et son paradis	Tout son ciel et son paradis,	他所有的天国以及乐园,
Me donast Diex, pas nel preïsse[496]	Je ne l'aurais pas accepté	倘若条件是要失去您的话,
Par couvenant que[497] vous perdisse,	S'il eût fallu vous perdre ;	我是不会答应他的提议的。
Quar vous estiiez ma richece	Car vous étiez ma richesse,	因为您是我财富的泉源,
780 Et ma santez et ma leece[498],	Ma consolation et ma joie,	我慰藉的泉源,以及我欢乐的泉源,
Ne riens grever[499] ne me peüst	Rien n'aurait pu me blesser	只要我这可怜的心知晓

---

[494] *tout le mont* : le monde entier, toute la terre (「全世界」、「整个大地」)。此处的 *mont* 源自于拉丁语 *mondus*,意思为「世界」(monde),而非 *mons, montis*,意即「山」(mont),根据上下文的意思作者应该是想表示天主赐给她地上的所有领土,和天上形成对比。

[495] *neïs* : (adv.) même (「甚至」)。副词 *neïs* 应该是由拉丁文 *ned ipsu* 或是 *nec ipsu* 所组成,在法文拼写法尚未规范化的古法文时期,除了 *neïs* 这个拼写法之外,还有与如第 749 行诗处的异体字 *nis* 共存。

[496] *preïsse* : (subj. impf.) prisse, acceptasse (「接受」)。此处的 *preïsse* 为动词 *prendre* 的虚拟式未完成过去时的 p1 形式。

[497] *Par couvenant que* : à condition que (「只要」、「条件是」)。*couvenant* 为第一类阳性名词,原意为「协议」(accord)、「约定」(convention),在 *Par couvenant que* 词组中可以从原意中引申为「条件」之意。

[498] *leece* : (n.f.) joie, réjouissance (「愉悦」、「欢乐」、「高兴」)。

[499] *grever* : (inf.) blesser, affliger, faire souffrir (「使受伤」、「使痛苦」)。

古法文原文	现代法文译文	中文译文
Tant comme mes las[500] cuers seüst	Tant que mon pauvre cœur aurait su	您还有一丁点地爱着我的话，
Que li vostres de riens m'amast.	Que le vôtre m'aimait tant soit peu.	没有什么事情能够伤害得到我。
Ha ! fine Amor ! et qui penssast	Ah ! parfait amour ! qui donc eût cru	哎呀！完美的爱情！谁会相信
785 Que cist feïst vers moi desroi[501],	Que cet homme me ferait de la peine,	这个男人会伤害我，
Qui disoit, quant il ert o moi	Qui disait, quand il était avec moi,	当他和我在一起时，
Et je fesoie mon pooir[502]	Et que je faisais de mon mieux	我尽我所能地
De fere trestout son voloir,	Pour combler ses désirs,	满足他的愿望，他不是一直说
Qu'il ert toz miens et a sa dame	Qu'il était tout à moi, et que, de son corps	他的身体和灵魂皆
790 Me tenoit et de cors et d'ame ?	Et de son âme, il me tenait pour sa dame ?	属于我，并视我为他的女主人吗？

---

[500] *las* : (adj.) pauvre, malheureux（「可怜的」、「不幸的」）。

[501] *desroi* : (n.m.) désordre, manquement, faute（「混乱」、「过失」、「错误」）。

[502] *je fesoie mon pooir* : (ind. impf.) je faisais de mon mieux（「我尽力而为」、「我尽我所能」）。*Pooir* 为阳性名词，意思为「力量」、「能力」。*fesoie* 为动词 *faire* 的直陈式未完成过去时 p1 的动词变化形式。

古法文原文	现代法文译文	中文译文
<u>Et</u> le disoit si doucement	Et il le disait si tendrement	他说这些时是如此地温柔，
<u>Que</u> le creoie vraiement,	Que je l'en croyais,	所以我一直信以为真，
Ne je ne penssaisse a nul fuer	Et pour rien au monde je n'aurais cru	无论如何我都不会相信
Qu'il peüst trover en son cuer	Qu'il pût trouver dans son cœur	他会为了一位公爵夫人或是王后的缘故
795 Envers moi corouz ne haïne,	Du courroux et de la haine contre moi,	就能在他的内心升起
Por duchoise ne por roïne ;	Pour l'amour d'une duchesse et d'une reine ;	对我的恼怒与怨怼；
Qu'a lui amer estoit si buen	Il était si bon de l'aimer	爱他是如此地幸福，
Qu'a mon cuer <u>pren</u>oie le suen.	Que je prenais son cœur pour le mien.	是以我将自己的心与他的心合而为一。
De lui me penssoie autressi[503]	Je croyais que lui, de la même façon,	我一直以为他也同样地

---

[503] *autressi* : (adv.) aussi, de la même façon, également, de même (「同样地」、「相同地」)。

古法文原文	现代法文译文	中文译文
800 Qu'il se tenoit a[504] mon ami	Se considérait comme mon ami	将他自己视为我的
Toute sa vie et son eage[505] ;	Pour toute sa vie ;	终生伴侣;
Quar bien connois a mon corage[506],	Car je sais bien, mon cœur me le dit,	因为我清楚地知道，我的内心告诉我，
S'avant morust, que tant l'amaisse	Que, s'il était mort avant moi, je l'aimais tant	假使他比我早离世，我如此地爱他，
Que aprés lui petit[507] duraisse[508] ;	Que je lui aurais survécu peu de temps ;	是故我不会独活很长的时间，
805 Estre morte o lui me fust miex	Car j'aurais préféré être morte avec lui	因为假如我的双眼
Que vivre si que de mes iex[509]	Plutôt que de vivre, si de mes yeux	再也见不着他的话，我宁可和他一起死去，
Ne le veïsse nule foiz.	je n'avais pas pu le voir.	也不愿意独活下去。

---

[504] *il se tenoit a* : (ind. impf.) il se considérait comme (「他自视为」、「他自认为」)。

[505] *eage* : (n.m.) vie (「终身」、「一辈子」)。

[506] *corage* : (n.m.) cœur (「心」、「内心」)。

[507] *petit* : (adv.) peu de temps, peu (「很快」、「短时间内」)。

[508] *duraisse* : (subj. impf.) survécusse, vécusse, subsistasse (「存活」、「继续活下去」)。*duraisse* 为动词 *durer* 的虚拟式未完成过去时 p1 的动词变化形式。

[509] *iex* : (n.m. pl.) yeux (「眼睛」、「目」)。*Iex* 此处为第一类阳性名词偏格复数的变格 (CR pl.) 形式。

古法文原文	现代法文译文	中文译文
Ha ! fine Amor ! est ce donc droiz[510]	Ah ! parfait amour ! est-il juste	啊！完美的爱情！他泄漏了
Que il a ainsi descouvert	Qu'il ait ainsi divulgué	我们的秘密，这是
810 Nostre conseil ? Dont il me pert[511],	Notre secret ? C'est pourquoi il me perd,	合理的吗？这是为何他会失去我，
Qu'a m'amor otroier li dis	Car je lui ai dit en lui accordant mon amour,	因为我在答应给他我的爱时便已说过，
Et bien en couvenant li mis	Je lui ai imposé cette clause	我要求他接受
Que a cele eure[512] me perdroit	qu'il me perdrait	在他泄漏了我们的爱情之时，
Que nostre amor descouvreroit.	Au moment où il révélerait notre amour.	他便失去我的协议。
815 Et quant j'ai avant perdu lui,	Je l'ai perdu avant qu'il m'ait perdue,	我在他失去我之前便先失去了他，

---

510 *droiz* : (adj.) juste, correct (「正确的」、「合理的」)。
511 *pert* : (ind. prés.) il pert (「他失去」)。
512 *eure* : (n.f.) moment, heure (「时刻」、「时候」)。

古法文原文	现代法文译文	中文译文
Ne puis[513], aprés itel anui,	Je n'ai plus de force, après un tel malheur,	在这样的不幸发生后，我已经筋疲力竭，
Que sanz lui por qui je me dueil[514]	Car sans lui, qui est la cause de mon tourment,	因为没有令我黯然神伤的他，
Ne puis vivre ne je ne vueil ;	Je ne puis vivre, et je ne le veux pas ;	我也无法存活下去，我也不想存活下去，
Ne ma vie ne me plest point ;	Et la vie ne me plaît plus,	我已生无可恋，
820　Ainz pri Dieu que la mort me doinst,	Je prie donc Dieu qu'il m'accorde la mort,	所以我祈求天主赐我一死，
Et que, tout ausi vraiement	Et qu'il ait pitié de mon âme,	并且垂怜我的灵魂，
Com je ai amé lëaument[515]	Aussi vrai	看在
Celui qui ce m'a porchacié,	que j'ai aimé loyalement	我忠贞不移地深爱着
Ait de l'ame de moi pitié,	Celui qui m'a causé ce mal,	那个伤害我的人份上，

---

513 *Ne puis* : (ind. prés.) je n'ai pas de force（「我没有力气了」、「我不行了」）。*puis* 为动词 *pooir* 的直陈式现在时 p1 的形式。

514 *je me dueil* : (ind. prés.) je souffre, je m'afflige, je m'attriste（「我痛苦」、「我伤心」）。*dueil* 为动词 *doloir* 的直陈式现在时 p1 的形式。

515 *lëaument* : (adv.) loyalement（「忠诚地」、「忠贞地」）。

古法文原文	现代法文译文	中文译文
825 [10c] Et a celui qui a son tort	Et qu'il accorde tous les biens à	还有但愿天主赐福给
M'a trahie et livree a mort	Celui qui m'a trahie à tort, et m'a	那位以错误的方式背叛我又将我
Doinst honor[516], et je li pardon[517].	livrée à la mort, et je lui pardonne.	送向死亡的人，我原谅他。
Ne ma mort n'est se douce non,	Ma mort n'est que douceur,	对我而言，既然我的死起源于他，
ce m'est avis, quant de lui vient ;	À mon avis, puisqu'elle vient de lui.	那么我的死只能是一件美妙的事情。
830 Et quant de s'amor me sovient[518]	Quand je me souviens de son amour,	当我回想起他的爱时，
Por lui morir ne m'est pas paine[519]. »	Mourir pour lui ne m'est pas une souffrance. »	为他而死对我便不是一件痛苦的事情。」
Atant se tut la chastelaine,	Alors la châtelaine se tut,	这时城堡主夫人缄默不语，

---

[516] *honor* : (n.f. ou n.m.) bien, bienfait (「好处」、「福利」)。

[517] *Je li pardon* : (ind. prés.) je lui pardonne (「我原谅他」)。*pardon* 为动词 *pardoner* 的直陈式现在时 p1 的形式。

[518] *me sovient (de)* : (ind. prés.) je me souviens (de) (「我想起」)。*sovient* 为非人称动词 (verbe impersonnel) *sovenir* 的直陈式现在时 p3 的形式。

[519] *paine* : (n.f. ou n.m.) peine, souffrance (「苦痛」、「苦难」)。

古法文原文	现代法文译文	中文译文
Fors qu[520]'ele dist en souspirant :	Elle dit seulement dans un soupir :	只有在咽下最后一口气时说道：
« Douz amis, a Dieu vous commant[521] ! »	« Cher ami, je vous recommande à Dieu ! »	「亲爱的爱人，我将您托付给天主！」
835 A cest mot de ses braz s'estraint,	À ces mots, elle étreint sa poitrine de ses bras,	说完她便用双臂抱紧她的胸膛，
Li cuers li faut[522], li vis li taint ;	Le cœur lui manque, son visage se décolore ;	她的心脏衰弱了下来，然后面色开始发白，
Angoisseusement[523] s'est pasmee[524] ;	Dans la douleur elle s'est évanouie.	最后在痛苦中昏厥了过去。
Et gist pale[525] et descoloree[526]	Elle gît pâle, blêmie,	她躺在床中间，无生命迹象，
En mi le lit, morte sanz vie.	Au milieu du lit : elle est morte.	苍白无血色：她已死去。

---

[520] *Fors que* : sauf que, excepté que（「除了」、「只不过」）。

[521] *commant* : (ind. prés.) je recommande, je confie（「我托付」、「我交付」）。*commant* 为动词 *commander* 的直陈式现在时 p1 的形式。

[522] *Li cuers li faut* : le cœur lui manque, elle défaille, elle s'évanouit（「她的心脏衰弱了下来」、「她四肢无力」）。*faut* 为动词 *faillir* 的直陈式现在时 p3 的形式。

[523] *Angoisseusement* : (adv.) douloureusement, péniblement（「痛苦地」、「悲伤地」）。

[524] *s'est pasmee* : (ind. passé composé) s'est évanouie（「她失去知觉」、「她昏厥」）。

[525] *pale* : (adj.) pâle（「苍白的」、「无血色的」）。

[526] *descoloree* : (adj.) pâle, livide, blêmie（「苍白的」、「失去血色的」）。

古法文原文	现代法文译文	中文译文
840 Més ses amis ne le set[527] mie	Mais son ami ne le sait pas,	但是她的爱人并不知情，
Qui se deduisoit[528] en la sale[529]	Et il est en train de se livrer dans la grand-salle	并且正在大厅中
A la carole et dansse et bale ;	Aux danses et aux farandoles.	跳着舞和舞动着法兰多拉舞作为消遣。
Més ne li plest riens qu'il i voie,	Rien de ce qu'il voit ne lui plaît,	他放眼望去的事物没有一样让他心生欢喜，
Quant cele a cui son cuers s'otroie	Puisqu'il ne voit pas celle à qui	因为他没有见到他付出真心
845 N'i voit point, dont molt se merveille[530]	Son cœur s'est donné, il s'en étonne fort,	的人，为此他感到非常讶异。
Si a dit au duc en l'oreille :	Il dit à l'oreille du duc :	他在公爵的耳边说道：
« Sire, qu'est ce que vostre niece	« Seigneur, pourquoi donc votre nièce	「主公，为何您的侄女
Est demoree si grant piece	Tarde-t-elle longuement	迟迟不来

---

527 *set* : (ind. prés.) sait (「知道」、「晓得」)。*set* 为动词 *savoir* 的直陈式现在时 p3 的形式。

528 *se deduisoit* : (ind. impf.) s'amusait, se divertissait (「消遣」、「娱乐」)。

529 *sale* : (n.f.) salle, grand-salle (「厅」、「大厅」)。

530 *se merveille* : (ind. prés.) s'étonne (「惊讶」、「吃惊」)。

古法文原文	现代法文译文	中文译文
Que n'est aus caroles venue ?	À venir aux danses ?	参加舞会？
850 Ne sai se l'avez mise en mue[531]. »	Vous ne l'auriez pas mise en cage ? »	您该不会将她囚禁起来了吧？」
Et li dus la carole esgarde,	Le duc jette les yeux sur le bal,	公爵望向舞会中的人群，
Qui de ce ne s'estoit pris garde.	Et il ne n'avait rien remarqué.	并未发现他侄女的踪影。
Celui a soi par la main trait,	Il prend le chevalier par la main,	他抓起了骑士的手，
Et droit en la chambre s'en vait ;	Et s'en va tout droit dans la chambre.	直接进入了房间。
855 Et quant ilueques ne la trueve[532],	N'y trouvant pas la châtelaine,	由于没有找到城堡主夫人，
Au chevalier commande et rueve[533]	Il demande au chevalier	公爵便让骑士自己
Qu'en la garderobe la quiere[534],	De la chercher dans la petite chambre,	去小房间找寻她，

---

[531] *mue* : (n.f.) prison, lieu secret（「监狱」、「隐密的场所」）。

[532] *trueve* : (ind. prés.) trouve（「找到」、「找着」）。*trueve* 为动词 *trover* 的直陈式现在时 p3 的形式。

[533] *rueve* : (ind. prés.) demande, prie, ordonne（「要求」、「请求」、「命令」）。*rueve* 为动词 *rover* 的直陈式现在时 p3 的形式。

[534] *quiere* : (subj. prés.) cherche（「寻找」、「找」）。*quiere* 为动词 *querir*/*querre* 的虚拟式现在时 p3 的形式。

古法文原文	现代法文译文	中文译文
Quar il le veut en tele maniere	Car il le veut ainsi	因为他想以这种方式
Por leenz[535] entr'eus solacier	Pour leur donner joie	让他们在房间里享受
860 Com d'acoler et de besier.	De s'étreindre et de s'embrasser à l'intérieur de la chambre.	拥抱和亲吻的愉悦。
Et cil, qui li en sot hauz grez[536],	Et le chevalier, qui lui en sait gré,	骑士很感激公爵的成全，
Est en la garderobe entrez	Est entré dans la chambre	便进入到了那个房间里，
Ou s'amie gisoit enverse[537]	Où son amie gisait à la renverse,	在那里他的爱人苍白无血色地
El lit, descoloree et perse[538].	Sur le lit, décolorée et livide.	仰卧在床上。
865 Cil maintenant[539] l'acole et baise,	Il la serre tout de suite dans ses bras et lui donne un baiser,	因为时间地点允许故，
Qui bien en ot et leu et aise ;	Comme le lieu et le temps le permettent.	他立刻将她拥入怀中并且亲吻了她。

---

[535] *leenz* : (adv.) là-dedans (「在那里面」)。

[536] *li en sot hauz grez* : est très reconnaissant envers lui, lui en sait gré (「对他很是感激」、「很感激他」)。

[537] *enverse* : (adj.) couchée sur le dos, à la renverse (「仰面躺着」、「仰卧」)。

[538] *perse* : (adj.) pâle, livide (「苍白的」、「无血色的」、「青灰色的」)。

[539] *maintenant* : (adv.) aussitôt, tout de suite (「立即」、「马上」)。

古法文原文	现代法文译文	中文译文
Més la bouche a trovee froide	Mais il a trouvé sa bouche froide	但是他发现他爱人的嘴唇冰冷，
Et partout bien pale et bien roide[540],	Et tout son corps bien pâle et raidi,	还有整个身体都十分的苍白并且僵硬；
Et au samblant que li cors moustre	À son apparence,	他清楚地察觉到根据他爱人身体状态显示，
870 Voit bien qu'ele est morte tout outre[541].	Il voit bien qu'elle est morte sans recours.	她已经无可挽救地死亡了。
Tantost toz esbahiz s'escrie :	Alors, tout stupéfait, il s'écrie :	骑士震惊不已，随即大声说道：
« Qu'est ce ? las ! est morte m'amie ? »	« Qu'est-ce ? Hélas ! mon amie est-elle morte ? »	「怎么回事？呜呼！我的爱人逝去了吗？」
Et la pucele sailli sus	Et la jeune fille, qui était couchée	这时躺在床边的
Qui aus piez du lit gisoit jus,	Au pied du lit se leva	年轻女孩起身
875 [10d] Et dist : « Sire, ce croi je bien	Et lui dit : « Seigneur, je crois bien	对他说：「大人，小女子认为

---

540 *roide* : (adj.) raide, raidi (「僵直的」、「僵硬的」)。
541 *tout outre* : entièrement, sans recours (「完全地」、「无可挽救地」)。

古法文原文	现代法文译文	中文译文
Qu'ele soit morte, qu'autre rien	Qu'elle est morte, elle ne demanda	她已死去，从她进入到这里时，
Ne demanda puis que[542] vint ci,	Autre chose, depuis qu'elle entra ici,	就别无所求，但求一死，
Por le[543] corouz[544] de son ami	À cause du chagrin que lui a causé son ami,	由于她的爱人引起了她的痛苦，
Dont ma dame l'ataïna[545]	Dont madame lui a reproché,	由于公爵夫人因为她的爱人而故意非难她，
880 Et d'un chienet la ramposna[546],	Et la duchesse s'est moquée d'elle pour un petit chien,	公爵夫人还为了一只小狗嘲讽奚落了她。
Dont li corouz li vint morteus. »	Ce qui lui a causé une douleur mortelle. »	这些都带给了她极度的苦痛。」
Et quant cil entent les moz teus	Et quand le chevalier entendit ces mots,	当骑士听完这些话时，

---

[542] *puis que* : depuis que（「从……开始」、「自从」）。

[543] 手稿中的原文为 *fors le*。

[544] *corouz* : (n.m.) chagrin（「悲伤」、「忧愁」）。

[545] *ataïna* : (ind. passé simple) querella, taquina, chicana（「非难」、「嘲笑」、「找碴」）。*ataïna* 为动词 *ataïner* 的直陈式简单过去时 p3 的形式。

[546] *ramposna* : (ind. passé simple) réprimanda, railla avec aigreur, plaisanta（「责难」、「语带讽刺地奚落」、「开玩笑」）。*Ramposna* 为动词 *ramposner* 的直陈式简单过去时 p3 形式。

古法文原文	现代法文译文	中文译文
Que ce qu'il dist au duc l'a morte[547],	Il comprit que ce qu'il a dit au duc l'a tuée,	他了解到正是他对公爵说的秘密害死了她，
Sanz mesure se desconforte :	Sans limite il fut désespéré :	于是乎他陷入了无止尽的绝望中，
885　« Ha ! las ! dist il, ma douce amor,	« Hélas ! dit-il, mon doux amour,	他说道：「呜呼！我温柔的爱人，
La plus cortoise et la meillor	La plus courtoise et la meilleure	您曾经是那个最温文端庄、
C'onques fust et la plus loial,	Qui fût jamais, et la plus loyale,	最完美又最忠诚的情人，
Comme trichierres[548] desloial	Je vous ai tuée	我如同一个背信弃义的叛徒一般
Vous ai morte ! Si fust droiture	Comme un traître déloyal ! Il eût été juste	将您杀死！本来这个不幸降临在我身上
890　Que sor moi tornast l'aventure,	Que cette catastrophe retombât sur moi,	是合情合理的，
Si que vous n'en eüssiez mal ;	Et que vous n'en eussiez aucun mal ;	并且您也不需要承担任何苦痛；

---

[547] *morte* : (participe passé) tuée (「杀死」、「弄死」)。*morte* 为动词 *morir* 的过去分词阴性单数的形式。

[548] *trichierres* : (n.m.) trompeur, tricheur (「骗子」、「造虚弄假者」)。

古法文原文	现代法文译文	中文译文
Més cuer avïez si loial	Mais vous aviez le cœur si loyal	然而您拥有一颗十分忠诚之心,
Que sor vous l'avez avant prise.	Que vous l'avez pris sur vous avant moi.	是以您在我之前将痛苦自己一肩承担。
Més je ferai de moi justise	Mais je ferai justice de moi-même	我会因为我所犯下的背叛罪行
895 Por la trahison que j'ai fete. »	Pour la trahison que j'ai commise. »	而惩罚自己。」
Une espee du fuerre[549] a trete	Il tira du fourreau une épée	他将一把悬挂在梁柱上
Qui ert pendue a .i. espuer[550],	Qui était suspendue à un poteau,	的剑从剑鞘里抽出,
Et s'en feri[551] par mi le cuer :	S'en frappa en plein cœur,	将剑直接插入心脏,
Cheoir se lest sor l'autre cors ;	Puis il se laissa tomber sur l'autre corps ;	随后倒在他的爱人遗体上,
900 Tant a sainié[552] que il est mors.	Il a tant perdu de sang qu'il en meurt.	他因失血过多而死去。

---

[549] *fuerre* : (n.m.) gaine, fourreau (「剑鞘」、「剑套」)。

[550] *espuer* : (n.m.) poteau, pieu (「柱」、「桩」)。

[551] *s'en feri* : (ind. passé simple) s'en frappa (「用剑自我攻击」)。*Feri* 为动词 *ferir* 的直陈式简单过去时 p3 的形式。

[552] *sainié* : (participe passé) saigné (「出血」)。

古法文原文	现代法文译文	中文译文
Et la pucele est hors saillie,	La jeune fille se précipita hors de la pièce,	年轻女孩见到这两个无生命迹象的身躯时，
Quant ele vit les cors sanz vie :	Lorsqu'elle vit ces corps sans vie,	被所见景象惊吓到
Hidor[553] ot de ce que les vit.	Effrayée par ce spectacle.	连忙冲出房间。
Au duc qu'ele encontra a dit	Au duc qu'elle rencontra, elle raconta	年轻女孩将所见所闻
905　Ce qu'ele a oï et veü,	Ce qu'elle avait entendu et vu,	一五一十地
Si qu'ele n'a riens teü,	Sans rien taire,	讲述给她遇见的公爵听。
Comment l'afere ert commencié,	Elle lui expliqua comment l'affaire avait commencé,	年轻女孩向他讲述事情是如何开始的，
Neïs du chienet afetié	Elle parla même du petit chien dressé	她甚至连公爵夫人影射的
Dont la duchoise avoit parlé	Auquel la duchesse avait fait allusion.	受过训练的小狗也讲了出来。
910　Ez vous[554] le duc adonc dervé[555].	Voilà le duc hors de lui !	这时公爵已经气疯，

---

553 *Hidor* : (n.f.) effroi, horreur (「恐惧」、「惊恐」)。
554 *Ez vous* : voilà (「这会儿」)。
555 *dervé* : (adj.) fou, hors de lui (「发狂的」、「失去理智的」)。

古法文原文	现代法文译文	中文译文
Tout maintenant en la chambre entre,	Il entre aussitôt dans la chambre,	他立刻进入房间，
Au chevalier trest fors du ventre[556]	Retire de la poitrine du chevalier	从骑士胸膛上拔出
L'espee dont s'estoit ocis ;	L'épée dont il s'est tué.	他用来自圻的剑。
Tantost s'est a la voie mis	Sans tarder il s'est dirigé	公爵随即大步
915　Grant oirre[557] droit a la carole,	À grands pas vers les danseurs,	笔直朝着跳舞的人群走去，
Sanz plus tenir longue parole,	Et, sans parler davantage,	接着话不多说，
De maintenant a la duchesse,	il est allé tout droit à la duchesse.	直接走向公爵夫人。
Se li a rendu sa promesse,	Il a tenu sa parole :	公爵信守承诺：
Que el chief[558] li a embatue[559]	L'épée qu'il tenait nue,	他手持出鞘的剑，
920　L'espee que il tenoit nue,	Il lui assène un coup sur la tête,	二话不说，便朝着

---

[556] *ventre* : (n.m.) poitrine（「胸膛」）。

[557] *Grant oirre* : en toute hâte, à toute allure, à grands pas（「急忙地」、「尽快地」、「大步地」）。*Oirre* 可以为阴性或是阳性名词，意思为「旅行」(voyage)、「道路」(chemin)、「途径」(route)。词组 *grant oirre* 的意思则是「迅速地」。

[558] *chief* : (n.m.) tête（「头」）。

[559] *embatue* : (participe passé) assenée, abattue（「打」、「劈」）。

古法文原文	现代法文译文	中文译文
Sanz parler, tant estoit iriez[560].	Sans un mot, il était tant furieux.	公爵夫人的头上一剑劈了下去，他当时实在是太气愤了。
La duchoise chiet[561] a ses piez,	La duchesse tombe à ses pieds,	公爵夫人便在这个地区的所有贵族注视之下
Voiant toz ceus de la contree :	Sous les regards de tous ceux de la contrée.	倒在了公爵的脚边。
Donc fu la feste molt troublee	La fête en fut bouleversée	对于正在那里
925　[11a] Des chevaliers qui la estoient	Pour les chevaliers qui étaient là,	沉醉在开心之中的骑士们而言，
Qui grant joie menee avoient.	Qui s'abandonnaient à la joie.	节庆因此被严重打乱。
Et li dus trestout aussi tost,	Aussitôt le duc,	公爵立刻
Oiant toz qui oïr le vost,	Devant tous ceux qui voulaient l'entendre,	在所有想要听他说话的人面前，
Dist tout l'afere en mi la cort.	Raconta toute l'affaire en pleine cour.	直接在宫廷里讲述了整件事情的经过。

---

[560] *iriez* : (adj.) furieux, irrité（「狂怒的」、「生气的」）。

[561] *chiet* : (ind. prés.) tombe（「倒下」、「倒毙」）。*Chiet* 为动词 *cheoir* 的直陈式现在时 p3 的形式。

古法文原文	现代法文译文	中文译文
930 Lors n'i a celui qui n'en plort,	Alors il n'y a pas un qui ne pleure,	这时没有人不为之哭泣，
Et nommeement [562] quant il voient	Surtout quand ils voient d'un côté	尤其当他们见到
Les .ii. amanz qui mort estoient,	Les deux amants morts,	已经死去的两位恋人，
Et la duchoise [563] d'autre part ;	Et la duchesse, qui gît de l'autre.	以及躺在另一侧的公爵夫人。
A duel et a corouz depart	La cour se sépare en grand désarroi,	宫廷的宾客就在极度慌乱、
935 La cort et a meschief vilain,	Dans la douleur et le chagrin.	痛苦和悲痛的气氛中散去。
Li dus enterrer l'endemain	Le lendemain le duc fit enterrer	隔天公爵命人将
Fist les amanz en .i. sarqueu[564],	Les amants dans un même cercueil,	这对恋人葬于同一棺木中，
Et la duchoise en autre leu[565] ;	Et la duchesse en un autre lieu.	公爵夫人则葬于另一处。
Més de l'aventure ot tel ire[566]	Mais cette histoire l'affligea tant	这件事让公爵悲痛万分，
940 C'onques puis ne l'oï on rire ;	Que jamais plus on ne l'entendit rire.	是以再也没有人听过他的笑声。

---

[562] *nommeement* : (adv.) en particulier, surtout（「特别是」、「尤其是」）。

[563] 原文为 Et la pucele。

[564] *sarqueu* : (n.m.) cercueil（「棺材」、「棺木」）。

[565] *leu* : (n.m.) lieu, endroit（「地方」、「地点」）。

[566] *ire* : (n.f.) tristesse, chagrin（「悲伤」、「忧伤」）。

古法文原文	现代法文译文	中文译文
Errant [567] se croisa [568] d'outre mer,	Aussitôt il prit la croix pour l'outre-mer,	他很快地加入了赴海外的十字军，
Ou il ala sanz retorner,	D'où il ne revient plus,	再也没有回来，
Si devint ilueques templier[569].	Là-bas il se fit templier.	在那里他成为了圣殿骑士团的骑士。
Ha ! Diex ! trestout cest encombrier[570]	Ah ! Dieu, tout ce drame	啊！天主，所有的悲剧
945　Et cest meschief por ce avint	Et cette infortune vinrent du fait	和厄运都源自于
Qu'au chevalier tant mesavint	Que le chevalier avait eu le malheur	骑士不幸
Qu'il dist ce que celer devoit	De révéler ce qu'il devait celer,	泄漏了原本应该隐匿不说的事情
Et que desfendu li avoit	Et ce que son amie lui avait	以及他的爱人
S'amie qu'il ne le deïst,	Interdit de dire,	禁止他说出的事情，
950　Tant com s'amor avoir vousist.	Tant qu'il voudrait garder son amour.	只要是他还想要保住他的爱情的话。

---

[567] *Errant* : (adv.) sur-le-champ, aussitôt（「立刻」、「马上」）。

[568] *se croisa* : (ind. passé simple) prit la croix（「参加十字军东征」）。*Croisa* 为动词 *croisier* 直陈式简单过去时 p3 的形式。

[569] *templier* : (n.m.) templier（「圣殿骑士团骑士」。

[570] *encombrier* : (n.m.) embarras, difficulté, mal（「困难」、「困境」、「不幸」）。

古法文原文	现代法文译文	中文译文
Et par cest example doit l'en	Par cet exemple, on voit qu'il faut	透过这个例子我们知道，
S'amor celer par si grant sen[571]	Cacher ses amours avec grand soin,	要很小心隐藏自己的爱情，
C'on ait toz jors en remembrance	En gardant toujours en mémoire	同时一直要谨记
Que li descouvrirs riens n'avance	Qu'on ne gagne rien à les découvrir,	揭露恋情并不会获得任何益处
955 Et li celers en toz poins vaut.	Et qu'en toute occurrence il vaut mieux les cacher.	以及在任何情况下都最好将恋情隐藏起来。
Qui si le fet, ne crient[572] assaut	Celui qui fait ainsi ne craint pas l'assaut	这样做的话就不用畏惧那些
Des faus felons enquereors[573]	Des fourbes guetteurs	窥探他人爱情
Qui enquierent[574] autrui amors.	Qui épient les amours d'autrui.	又带有恶意的偷窥伪君子之攻击了。

---

[571] *sen* : (n.m.) soin (「细心」、「仔细」)。

[572] *crient* : (ind. prés.) craint (「畏惧」、「害怕」)。*Crient* 为动词 *criembre* 的直陈式现在时 p3 的形式。

[573] *enquereors* : (n.m. pl.) questionneurs, enquêteurs (「喜欢问长问短的人」、「喜欢探听隐私的人」)。

[574] *enquierent* : (ind. prés.) cherchent à savoir, s'informent (「努力想知道」、「打探」)。*enquierent* 为动词 *enquerre/ enquerir* 的直陈式现在时 p6 的形式。

古法文原文	现代法文译文	中文译文
Explicit la chastelaine de Vergi.	Ainsi s'achève la Châtelaine de Vergy.	《韦尔吉的城堡主夫人》终。

专有名词索引
Index des Noms Propres

韦尔吉的城堡主夫人

Borgoingne	勃艮第 (Bourgogne)。勃艮第位于法国东部，于第九至第十五世纪期间称为勃艮第公国 (duché de Bourgogne)；十六至十八世纪时为法兰西王国的一个省分 (département)，省会为第戎 (Dijon)。	第 18 行 第 45 行
Vergi	韦尔吉 (Vergy)。韦尔吉为中世纪时的一个城镇，现今已不复存在。韦尔吉位于韦尔吉城堡 (le château de Vergy) 的脚下，此城堡原属于韦尔吉家族的堡垒，此家族在十一至十二世纪时势力强大，只可惜韦尔吉城堡于公元 1610 年时在亨利四世的命令下被夷为平地。韦尔吉城堡的位置大约被现今法国的赫勒．韦尔吉 (Reulle-Vergy) 市镇、屈尔蒂勒．韦尔吉 (Curtil-Vergy) 市镇以及莱唐．韦尔吉 (L'Étang-Vergy) 市镇所环绕，这三个市镇皆位于勃艮第·法兰琪·康堤大区 (Bourgogne-Franche-Comté) 内。	第 20 行 第 342 行 第 688 行 第 959 行

Amors/ Amor	爱神 (Amour)。	第 295 行
		第 439 行
		第 443 行
		第 446 行
Dieu/ Diex/ Dé	天主，上帝，老天 (Dieu)。	第 61 行
		第 91 行
		第 101 行
		第 190 行
		第 295 行
		第 323 行
		第 498 行
		第 529 行
		第 593 行
		第 733 行
		第 746 行
		第 759 行
		第 762 行
		第 773 行
		第 777 行
		第 820 行
		第 834 行
		第 944 行
Couci	库西 (Coucy)。库西位于法国东北部大东部大区 (région Grand	第 292 行

	Est) 阿尔丁省 (Ardennes) 内的一个城镇。	
Pentecouste	圣灵降临节 (Pentecôte)，俗称五旬节。圣灵降临节为复活节 (Pâques) 后的第五十天。*Pentecôte* 源自于拉丁文 *Pentecoste*，后者则来自于古希腊文 *pentêkostè̀ hêméra*，原意为「第五十（天）」(cinquantième jour)，这个基督教节日是为了纪念圣灵降临在耶稣的门徒身上而设立的节庆。	第 682 行
Tristans	崔斯坦 (Tristan)。崔斯坦与伊索德 (Tristan et Iseut) 一书中的男主角。崔斯坦与伊索德为中世纪的传奇故事，写于十二世纪左右。故事的主角崔斯坦为康瓦尔的马克国王 (le roi Marc de Cornouailles) 的外甥，从小双亲便离世，之后投奔舅父马克国王，国王膝下无子，对崔斯坦视如己出，如无意外崔斯坦会继承舅父的王位。然而马克国王身边忌妒崔斯坦得宠的大臣却向国王催婚，崔斯坦为了消除他人怀疑	第 760 行

自己觊觎王位的疑虑，便自告奋
勇代替叔父前往爱尔兰迎娶金发
伊索德 (Iseut la Blonde)，回程途
中两人因口渴误喝了原本给准新
郎马克国王在新婚之夜服用的爱
的春药而坠入爱河，之后马克国
王发现了他俩的奸情并将这对情
侣处以火刑，两人奇迹似地躲过
一劫，随后逃至森林中生活三
年，直到有一天马克国王打猎时
发现两人在林中休憩，而两人中
间相隔着一把崔斯坦的剑，马克
国王最后选择了原谅两人。两人
醒来后发现国王留下的剑、手套
和戒指，两人对国王很是愧疚，
崔斯坦最终决定将伊索德还给马
克国王，而自己选择离开康瓦
尔，并娶了另一位名叫素手伊索
德 (Iseut aux mains blanches) 女子
为妻。在一次战役中，崔斯坦身
受重伤濒临死亡，他派人请求金
发伊索德前来救治他，并协议让
他的人利用船上帆的颜色区分他
的爱人是否前来相救；倘若金发
伊索德答应前来救助他，便挂白
帆，反之便挂黑帆。金发伊索德
毫不犹豫乘船前来救治崔斯坦，

	然而就在快要到岸时因为暴风雨船只只能停在外海，这时崔斯坦的妻子素手伊索德出于忌妒，就算看到了船上挂着白帆，却告知崔斯坦船上挂着的是黑帆，崔斯坦以为自己被金发伊索德抛弃，心碎而死。当金发伊索德来到崔斯坦床边时，发现他已死去，最后也在崔斯坦怀中死去。他们俩的爱情令马克国王动容，遂将两人埋葬在相邻的两个墓穴里。这时奇迹发生了，每天晚上一条荆棘从崔斯坦的墓中长出并且插进伊索德的墓中，就算将其剪断也没用，隔天晚上它还会继续长出来再进入伊索德的墓中，人们最后放弃分开他们，让他们永远相伴在一起。	
Yseut	伊索德 (Iseut)。为崔斯坦与伊索德故事中的女主角，为爱尔兰公主，嫁给马克国王，但因误喝爱的春药而爱崔斯坦，至死不渝。	第 760 行

评注中古法文生难词汇索引
Index des Notes

— A —

a chief	114
a deus doie de	70
a la voie se met	339
a lonc tens	104
a lui me contenoie de pensser	485
a nul fuer	82
a nule guise	83
a pié	262
a qoi ce monte	470
a tort	148
a tout le mains	128
acointance (n.f.)	476
acointement (n.m.)	466
acointes (n.m.)	45
acola (v. ind. passé simple p3)	279
acontees (participe passé)	246
adés (adv.)	204
adonc (adv.)	388
afere (n.m. et n.f.)	376
afetier (inf.)	469
afferme (v. ind. prés. p3)	452
*afi (*v. ind. prés. p1*)*	434
agree (v. ind. prés. p3)	175
ainz jor aler	331
Ainz que	282
ainz...ne	351
aise (n.f.)	347

ait mesprit (v. subj. passé) 121

ajornast (v. subj. impf. p3) 330

aler 331

aloingne (n.f.) 253

amant (n.m.) 23

amanz (n.m. pl.) 313

amast (v. subj. impf. p3) 166

amastes (v. ind. passé simple p5) 403

amez (v. ind. prés. p5) 189

amiiez (v. ind. impf. p5) 406

amor (n.f.) 39

amot (v. ind. impf. p3) 118

an (n.m. pl.) 326

anglet (n.m.) 34, 440

Angoisseusement (adv.) 523

anui (n.m.) 53

anuiast (v. subj. impt. p3) 291

anuit (adv.) 259

anuit (v. subj. prés. p3) 258

anuitié (participe passé) 263

anz (n.m.) 324

apoiez (participe passé et adj.) 296

arriere 182

arvoire (n.m.) 415

ataïna (v. ind. passé simple p3) 545

ataint (v. ind. prés. p3) 340

atise (v. ind. prés. p3) 397

atret (n.m.) 460

Au terme que 32

aucuns (pron. indéf.) 10

aus (pron. tonique) 7, 42

autel (adj.) 341

autele (n.f.)   75

autressi (adv.)   210, 503

aval (prép.)   222

avendra (v. ind. fut. p3)   76

avenez (v. ind. prés. p5)   243

avient (v. ind. prés. p3)   18, 74

avint (v. ind. passé simple p3)   242

avis   450

avon (v. ind. prés. p5)   110

— B —

bassement (adv.)   442

bee (v. ind. prés. p3)   410

besa (v. ind. passé simple p3)   281

besie (participe passé)   399

biaus (adj.)   55

braz (n.m. pl.)   276

— C —

ça en arriere   182, 419

caroles (n.f. pl.)   463

ce li est avis   450

ce m'est vis   63

celaisse (v. subj. impf. p1)   426

celeement (adv.)   226

celer (inf.)   6

chastelains (n.m.)   211

chastelains de Couci   211

chausist (v. subj. impf. p3)   200

chaut (v. ind. prés. p3)   416

chief (n.m.)   114, 558

chienés (n.m.)   441

chienet (n.m.)   36

chier   368

chiet (v. ind. prés. p3)   561

choisi (v. ind. passé simple p3)   277

clot (v. ind. prés. p3)   335

cointes (adj.)   44

cointise (n.f.)   188

commant (v. ind. prés. p1)   521

confors (n.m.)   484

congié (v. ind. prés. p1)   135

connoisse (v. subj. prés. p3)   218

conseil (n.m.)   5

consirrer (inf.)   213

conte (n.m.) (= comte)   68

conte (n.m.) (= histoire)   438

conte (v. ind. prés. p3)   437

contenance (n.f.)   187, 298

contenoie (v. ind. impf. p1)   485

contredit (n.m.)   176

convenant (n.m.)   29

convoia (v. ind. passé simple p3)   337

corage (n.m.)   459, 506

corouz (n.m.)   316, 544

cors (n.m.)   235

cort (n.f.)   47

cort pleniere   457

cortoisie (n.f.)   214

Couci   211

couvenant (n.m.)   196, 497

covoite (v. ind. prés. p3)   171

creant (v. ind. prés. p1)   234, 345

crient (v. ind. prés. p3)   203, 572

croisa (v. ind. passé simple p3)   568

cuer (n.m.)   183, 220

cuers (n.m.)   216, 522

cuidoit (ind. impf.)   162

— D —

d'autre part   147

Dans (n.m.)   91

Dans musars   91

Dé (n.m.)   414

de bone foi   127

de fin cuer   183

De si que   35

deceü (participe passé)   125

deceüe (participe passé)   408

deduisoit (v. ind. impt. p3)   528

deduit (n.m.)   480

definement (n.m.)   329

deïsse (subj. impf. p1)   158

deïst : (subj. impf.)   163

deïstes (v. ind. passé simple p5)   409

delis (n.m.)   481

delit (n.m.)   312

deloi (n.m.)   193

demeure (n.f.)   292

demorer (inf.)   37

denz (n.m. pl.)   230

depecier (inf.)   491

depors (n.m.)   482

deport (n.m.)   308

dervé (adj.) — 555

Dés icele eure que — 448

dés ore en avant — 138

descoloree (adj.) — 526

desconfort (n.m.) — 149

descouvers (participe passé) — 430

descouvert (participe passé) — 20

descuevre (v. ind. prés. p3) — 11

deserte (n.f.) — 173

deservi (participe passé) — 57

desfensse (n.f.) — 382

desfent (v. ind. prés. p3) — 380

deshait (n.m.) — 352

desloial (adj.) — 88

desloiaus (adj) — 402

desouz — 395

despit (n.m.) — 370

desreson (n.f.) — 86

desroi (n.m.) — 501

desvoiez (participe passé) — 191

deus (numéral) — 70

deus (n.m.) — 122

devient (v. ind. prés. p3) — 73

devisé (participe passé) — 261

Deviserent — 30

di (v. ind. prés. p1) — 431

die (v. subj. prés. p1 et p3) — 97, 311, 423

Diex (n.m.) — 363

diz (n.m.) — 342

doie (n.f.) — 70

doie (v. subj. prés. p1) — 231

doie (v. subj. prés. p3) — 69, 393

donaisse (v. subj. impf. p1) — 103

dout (v. ind. prés. p3) — 387

doutance (n.f.) — 299, 417, 477

douz (adj.) — 290

droit (adj.) — 89

droiz (adj.) — 112, 510

druerie (n.f.) — 131, 285

duc (n.m.) — 46

duchoise (n.f.) — 48

dueil (v. ind. prés. p1) — 293, 514

duel (n.m.) — 99, 372

dui (numéral) — 239

duraisse (v. subj. impf. p1) — 508

durer (inf.) — 209

dus (n.m.) — 95

— E —

eage (n.m.) — 505

el (pron. pers.) — 72

embatue (participe passé) — 559

en guerredon — 111

en haut leu — 58

en reqoi — 462

enama (v. ind. passé simple, p3) — 49

encombrier (n.m.) — 570

encuevre (v. subj. prés. p3) — 237

Endementiers que — 306

engin (n.m.) — 383

enprendroie (v. cond. prés.) — 84

enqueïsse (v. subj. imparfait p1) — 412

enquereors (n.m. pl.) — 573

enquerez (impératif prés. p5)　　　377

enquierent (v. ind. prés. p6)　　　574

entent a (v. ind. prés. p3)　　　273

entente (n.f.)　　　61

enverse (adj.)　　　537

envious (adj.)　　　155

envoiseüre (n.f.)　　　317

errant (adv.)　　　96, 361, 567

ert (v. ind. fut. P3)　　　236

ert (v. ind. impf. p3)　　　479

eschis (adj.)　　　146

escondit (n.m.)　　　152

esconsse (v. ind. prés. p3)　　　270

esgart (v. ind. prés. p1)　　　186

espandent (v. ind. prés. p6)　　　14

esperance (n.f.)　　　286

esprent (v. ind. prés. p3)　　　140

espuer (n.m.)　　　550

estuet (v. ind. prés.p3)　　　133

eure (n.f.)　　　448, 512

eüssiez dit (v. subj. plus-que-parfait)　　　429

eve du cuer　　　220

eve (n.f.)　　　220

Ez vous　　　554

— F —

fable (n.f.)　　　353

failli ait a (subj. passé)　　　343

failli (participe passé)　　　343

faintise (n.f.)　　　354

faus (adj.)　　　400, 487

faut (v. ind. prés. p3)　522

faute (n.f.)　348

feïsse : (subj. impf. p1)　160

feïst (subj. impf. p3)　283

feri (v. ind. passé simple p3)　551

fesoie (ind. impf. p1)　502

festoié (participe passé)　357

fet (n.m.)　489

fiance (n.f.)　418

fiancier (inf.)　167

fier (inf.)　8

fiez (v. ind. prés. p5)　425

fin (adj.)　23, 183

fin amant　23

fine (adj.)　181

foi (n.f.)　127

foimentie (n.f.)　199

foiz (n.f.)　405

font samblant de　4

for (prép.)　360

forment (adv.)　333

fors (prép.)　41

Fors que　520

fors vous dui (= sauf vous deux)　239

fort (adj.)　212

fuer (n.m.)　82

fuerre (n.m.)　549

— **G** —

gaimente (v. ind. prés. p3)　474

garaerobe (n.f.)　472

garde (n.f.)	177
gart (v. subj. prés. p3)	79
gas (n.m. pl.)	16
gent (n.f.)	2
gesir (inf.)	392
geter (inf.)	172
geu a parti	194
geu (n.m.)	194, 260, 464
gise (v. subj. prés. p3)	81
Grant oirre	557
grant piece	265
greignor (adj.)	365
grever (inf.)	499
grez (n.m.)	536
grief (adj.)	113
griet (v. subj. prés. p3)	257
guerpir (inf.)	174
guerredon (n.m.)	111
guise (n.f.)	83, 153, 396

— H —

Haez (impératif présent p5)	102
haite (v. ind. prés. p3)	391
haitiez (adj.)	295
harrai (v. ind.fut. p1)	346
hart (n.f.)	445
haut	58
hauz	536
Hé	493
Hé lasse (interj.)	493
het (v. ind. prés. p3)	447

Hidor (n.f.)   553
honor (n.f. ou n.m.)   78, 516
hui (adv.)   407

— I —

iex (n.m. pl.)   221, 509
il eüst mesfait   119
il n'est resons   309
il se tenoit a   504
Ilueques : (adv.)   304
ire (n.f.)   471, 566
irie (adj.)   93, 398
iriez (adj.)   560
isnel le pas   77
isnel (adj.)   77
issi (adv.)   305
Issiez (impératif présent p5)   134
issir (inf.)   274
itant   449

— J —

j'esgart   186
je fesoie mon pooir   502
Je li pardon   517
je me dueil   514
Je me leroie   228
Je me pens   190
je me porpenssai   106
jel (= je le)   227
jor (n.m.)   331
Jouste (prép.)   94

jurent (v. ind. passé simple p6) — 307

— L —

lait (v. ind. prés. p3) — 267
las (adj.) — 500
lasse (adj.) — 493
leal (adj.) — 168
lëaument/ leaument (adv.) — 169, 515
leauté (n.f.) — 124
leece (n.f.) — 498
leenz (adv.) — 359, 535
lerme (n.f.) — 334
leroie (v. cond. prés. p1) — 228
lesse (v. ind. prés. p3) — 184
lessier (inf.) — 492
lest (v. ind. prés. p3) — 179
leu (n.m.) — 58, 565
li en sot hauz grez — 536
li (= elle) — 232
li est il tart — 446
li remembre de — 142
lié (adj.) — 224
lo (v. ind. prés. p1) — 64
loe (v. ind. prés. p3) — 344
loial (adj.) — 3
lonc (adj.) — 104
lonc tens — 104, 404
longuement (adv.) — 38, 126
longues (adv.) — 319

— M —

m'afi en vous (v. ind. prés. p1)	434
m'eüssiez dit (subj. plus-que-parfait)	429
m'i acort (v. ind. prés. p1)	435
maine (v. ind. prés. p3)	320
mains (= moins)	128
maintenant (adv.)	98, 539
maniere (n.f.)	1
malaise	116
manoit (v. ind. impf. p3)	264
mari (adj.)	22
mariz (adj.)	157
matin (n.m.)	120
maus (n.m.)	362
mautalent (n.m.)	139
mauvés (adj.)	217
me dueil de	293
me merveil (v. ind. prés. p1)	427
me sovient (de)	518
mengier (n.m., inf. substantivé)	350
menterresse (adj. et n.f.)	301
merveil (v. ind. prés. p1)	427
merveille (v. ind. prés. p3)	530
Més que (+ subj.)	256
meschief (n.m.)	24
mescreü (participe passé)	303
mesfait (participe passé)	119
mesfet (n.m.)	207, 490
mespreïsse (v. subj. prés. p1)	436
mespris (participe passé)	121

mesprison (n.f.)	85
messert (v. ind. prés. p3)	206
mestresse (n.f.)	468
metre au desouz de	395
meü (participe passé)	349
mist a reson	54
moillié (participe passé et adj.)	223
mois (n.m.)	323
molt (adv.)	271
Mon douz seignor	290
mon seignor	467
mont (n.m.)	241, 494
monte	470
morte (participe passé)	547
mouveroit (se) (v. cond. prés. p3)	33
moz (n.m. pl.)	54
mue (n.f.)	531
muet (v. ind. prés. p3)	269
musars (n.m.)	91

— N —

natural (adj.)	90
Ne puis (v. ind. prés. p1)	513
ne puis ne primes	488
ne...ne tant ne quant	137
nee (n.f.)	43
neïs (adv.)	495
nel (= ne le)	486
Nenil (adv.)	240
Nis (adv.)	478
noient (pron. indéf.)	381

nommeement (adv.) — 562

(Novele) oïe n'en avon — 110

nuis (n.f.) — 321

nul (adj.) — 82

nule (adj.) — 348

nus (pron. indéf.) — 238

— O —

o (prép.) — 197

oevre (n.f.) — 443

oï (v. ind. passé simple p3) — 165

oie (v. subj. prés. p3) — 312

oïe (participe passé) — 110

oirre (n.m.) — 557

oïstes (v. ind. passé simple p5) — 428

ooit (v. ind. impf. p3) — 315

Orains (adv.) — 364

ore (adv.) — 288

osee (participe passé) — 411

osez (adj.) — 150

otroi (v. ind. prés. p1) — 255

outre (adv.) — 541

— P —

paine (n.f. ou n.m.) — 519

païs (n.m.) — 15

pale (adj.) — 525

par bien et par honor — 78

Par couvenant que — 497

par fine verité — 181

Par itel convenant — 29

par matin	120
par moz teus	54
Par si que	161
par tens	115
pardon (v. ind. prés. p1)	517
Parjurés (n.m.)	198
parjurs (n.m.)	192
parlast (subj. impf. P3)	166
parolt (v. ind. prés. p3)	454
part (n.f.)	147
parti (n.m.)	194
pas (n.m.)	77
pasmee (participe passé)	524
pende (v. subj. prés. p3)	444
pens (v. ind. prés. p1)	190
penssé (n.m.)	109
pensser	485
penssis (adj.)	219
penssive (adj.)	379
Pentecouste (n.f.)	456
perse (adj.)	538
pert (v. ind. prés. p3)	19, 511
petit (adv.)	318, 507
pié (n.m.)	262
pieça a	108
piece (n.f.)	265
plait (n.m.)	92
pleniere	457
plest (v. ind. prés. p3)	302
poi ne grant	51
point (n.m.)	455
pooir (n.m.)	502

Por itant (que)　449

por voir　50

porchace (v. ind. prés. p3)　369

porpens (n.m.)　105, 453

porpenssai (v. ind. passé simple p1)　106

porpensse (v. ind. prés. p3)　384

porra (v. ind. fut.)　208

porroit (v. cond. prés. p3)　62

pot (v. ind. passé simple p3)　117, 421

prael (n.m.)　275

preïsse (v. subj. impf. p1)　496

premeraine　458

prent (v. ind. prés. p3)　177

preu (n.m.)　59

preus (adj.)　56

primes　488

proesce (n.f.)　123

proïe (part. passé fém.)　130

proiere (n.f.)　180

puet (v. ind. prés. p3)　107

Puis que　289, 542

puis (v. ind. prés. p1)　513

— Q —

qoi　470

quanques (pron. indéf.)　287

Quar (conj.)　21

quiere (v. subj. prés. p3)　534

quites (adj.)　100, 375

— R —

ramposna (v. ind. passé simple p3) — 546

rebese (v. ind. prés. p3) — 284

recort (v. subj. prés. p3) — 310

regret (n.m.) — 475

reguerredone (v. ind. prés. p3) — 314

remaingne (v. subj. prés. p3) — 358

remainsist (v. subj. impt. p3) — 201

remembre (v. ind. prés. p3) — 142

remest (v. ind. passé simple p3) — 378

reperier (inf.) — 144

replora (v. ind. passé simple p3) — 432

reqoi (n.m.) — 462

requier (v. ind. prés. p1) — 247

reson (n.f.) — 54

resons (n.f.) — 309

riens (n.f.) — 202

riens nee — 43

ris (n.m. pl.) — 17

roide (adj.) — 540

rueve (v. ind. prés. p3) — 533

— S —

s'en feri (v. ind. passé simple p3) — 551

s'en vait (v. ind. prés. p3) — 268

s'esconsse (v. ind. prés. p3) — 270

s'esforça (v. ind. passé simple p3) — 420

s'est pasmee (v. ind. passé composé p3) — 524

s'est traite (v. ind. passé composé p3) — 390

sailli (v. ind. passé simple p3) — 278

sai (v. ind. prés. p1) — 66

sainié (participe passé) — 552

sains (adj.)	294
sale (n.f.)	529
samblant (n.m.)	4
sans aloingne	253
sanz contredit	176
sanz corouz	316
sanz deloi	193
sanz demorer	37
sanz deserte	173
sanz doutance	417, 477
sanz fable	353
sanz nule faute	348
sarqueu (n.m.)	564
savra (v. ind. fut. p3)	254
se croisa (v. ind. passé simple p3)	568
se deduisoit (v. ind. impf. p3)	528
se devient (v. ind. prés. p3)	73
se fier en quelqu'un (inf.)	8
se gaimente (v. ind. prés. p3)	474
se loe de (v. ind. prés. p3)	344
se merveille (v. ind. prés. p3)	530
se muet (v. ind. prés. p3)	269
se prent garde (v. ind. prés. p3)	177
se tenir de (inf.)	433
se test (v. ind. prés. p3)	156
se tint (v. ind. passé simple p3)	389
seignor (n.m.)	290, 467
semaine (n.f.)	322
sen (n.m.)	571
senee (adj.)	40
sens (n.m.)	244, 366
serroit (v. cond. prés. p3)	60

set (v. ind. prés. p3)   527

seü (participe passé)   233

sevent (v. ind. prés. p6)   12

Si que   141

Si (adv.)   159

simplement (adv.)   465

soie (v. subj. prés. p3)   251

solaz (n.m.)   205, 483

soloit (v. ind. impf. p3)   215

sor toute riens   202

soupeçon (v. ind. prés. p1)   170

souventes   405

souventes foiz   405

souveraine (adj.)   71

sovient (v. ind. prés. p3)   518

sueffre (v. ind. prés. p3)   385

suer (n.f.)   413

sui (v. ind. prés. p1)   67

— T —

talent (n.m.)   461

tant comme   336

Tantost (adv.)   266

targe (n.f.)   272

tart (adj.)   446

templier (n.m.)   569

tenir (inf.)   433

tenoit (v. ind. impf. p3)   504

tens (n.m.)   104, 115, 404

terme (n.m.)   32, 248

test (v. ind. prés. p3)   156

teus (adj.) — 54

tint (v. ind. passé simple p3) — 389

torment (n.m.) — 178

tort (v. subj. prés. p3) — 80

tort (n.m.) — 148

tout le mont — 494

tout outre — 541

tout premeraine — 458

trahitor (n.m.) — 101

trahitres (n.m.) — 154

trahitresse (adj.) — 129

traite (participe passé) — 390

Trere (inf.) — 229

trespasse (v. ind. prés. p3) — 195

tricherie (n.f.) — 132

trichierres (adj) — 401

trichierres (n.m.) — 548

troi (adj. numéral) — 325

trueve (v. ind. prés. p3) — 532

— U —

uevre (n.f.) — 13

uis (n.m.) — 332

uisset (n.m.) — 338

— V —

vait (v. ind. prés. p3) — 268

vé (v. ind. prés. p1) — 136

veez (v. ind. prés. p5) — 65

vendrai (v. ind. fut. p1) — 114

vendroit (v. cond. prés. p3) — 328

ventre (n.m.)　　556

vergier (n.m.)　　31

vergoigne (n.f.)　　26

verité (n.f.)　　181

vient (v. ind. prés. p3)　　9

vilaine (adj.)　　87

vilonie : (n.f.)　　424

vint (adj. numéral)　　327

vis (n.m.)　　63

voi (v. ind. prés. p1)　　225

voie (n.f.)　　339, 394

voir (n.m.)　　50, 164

voiz (n.f.)　　297

vous fiez en moi (v. ind. prés. p5)　　425

vous tenez chier　　368

vout (v. ind. prés. p3)　　145, 451

vueil (v. ind. prés. p1)　　252

书目

Bibliographie

韦尔吉的城堡主夫人

一、 手稿

（一） 手稿底本

Paris, Bibliothèque nationale de France, français, 837, f. 6rb-11ra (*C*).

（二） 其他手稿

Angers, Bibliothèque municipale, 548, f. 57v-76r (*P*).

Berlin, Staatsbibliothek und Preussischer Kulturbesitz, Hamilton 257, f. 37va-42rb (*B*).

Bruxelles, KBR, 9574-9575, f. 138va-144ra (*I*).

Cambridge, Trinity Hall Library, 12, f. 90r-96v (*U*).

Genève, Bibliothèque de Genève, français, 179bis, f. 14r-31v (*R*).

Hamburg, Stadtbibliothek, Cod. Gall. 1, p. 161-191, mil. XV (*S*).

Oxford, Bodleian Library, Bodley, 445, f. 142r-158r (*T*) .

Paris, Bibliothèque nationale de France, Arsenal, 3123.

Paris, Bibliothèque nationale de France, français, 375, f.331va-333va (*A*).

Paris, Bibliothèque nationale de France, français, 780, f. 97r-110v (*M*).

Paris, Bibliothèque nationale de France, français, 1555, f. 82v-96v (*D*).

Paris, Bibliothèque nationale de France, français, 2136, f. 139r-152v (*E*).

Paris, Bibliothèque nationale de France, français, 2236, f. 71r-92r (*O*).

Paris, Bibliothèque nationale de France, français, 15219, f. 77r-93r (*N*).

Paris, Bibliothèque nationale de France, français, 25545, f. 84ra-89va (*H*).

Paris, Bibliothèque nationale de France, nouvelles acquisitions français, 4531, f. 88rb-94vb (*F*).

Paris, Bibliothèque nationale de France, nouvelles acquisitions français, 13521, f. 398ra-403vb (*G°*).

Paris, Bibliothèque nationale de France, Moreau, 1719, f. 221r-250r (*G*).

Rennes, Bibliothèque municipale, 243, f. 121ra-126ra (*K*).

Valenciennes, Bibliothèque municipale, 417, f. 83-99v (*Q*).

二、 手稿校注版

Poètes et romanciers du Moyen Âge, texte établi et annoté par Albert Pauphilet. Deuxième édition augmentée de textes nouveaux présentés par Régine Pernoud et Albert-Marie Schmidt. Paris : Gallimard (Bibliothèque de la Pléiade, 52), 1952, 349-374.

La chastelaine de Vergi, poème du XIIIe siècle édité par Gaston Raynaud. Troisième édition revue par Lucien Foulet. Paris : Champion (Les classiques français du Moyen Âge, 1), 1921.

Raynaud, Gaston. « *La chastelaine de Vergi* », *Romania*, 21, 1892, 145-193.

La chastelaine de Vergi, Édition critique du ms. B.N.F. fr. 375 avec Introduction, Notes, Glossaire et Index, suivie de l'édition diplomatique de tous les manuscrits connus du XIIIe et du XIVe siècle par René Ernest Victor Stuip. The Hague et Paris : Mouton (Publications de l'Institut d'études françaises et occitanes de l'Université d'Utrecht, 5), 1970.

La chastelaine de Vergi. Edited by Frederick Whitehead, Manchester: Manchester University Press (French Classics), 1944.

三、翻译

（一）　古法文原典与现代法文译文对照版

La châtelaine de Vergy, conte du XIIIe siècle publié et traduit par Joseph Bédier de l'Académie française. Paris : L'édition d'art H. Piazza, 1927.

La châtelaine de Vergy, textes établis et traduits par René Stuip. Paris : Union générale d'éditions (10-18, 1699. Série Bibliothèque médiévale), 1985.

La Châtelaine de Vergy. Édition bilingue présentée et commentée par Jean Dufournet et Liliane Dulac, Paris : Gallimard (Folio, 2576), 1994.

Nouvelles courtoises occitanes et françaises, éditées, traduites et présentées par Suzanne Méjean-Thiolier et Marie-Françoise Notz-Grob. Paris : Librairie générale française (Le livre de poche, 4548. Lettres gothiques), 1997, 413-416 et 450-503.

（二）　现代法文译本

Fabliaux ou contes, fables et romans du XIIe et du XIIIe siècle, traduits ou extraits par Legrand d'Aussy. Troisième édition, considérablement augmentée, éd. Antoine-Augustin Renouard, t. 4. Paris : Renouard, 1829, 98-116.

Mary, André. *La chambre des dames, où il est devisé de la Pucelle à la rose ou Guillaume de Dole, de Pyrame et Thisbé, d'Amadas et Idoine, de la Châtelaine de Vergy et du Lai de l'ombre*. Paris : Boivin, 1922, 195-220.

（三）　西班牙文译本

Jean Renart. *El lai de la sombra; El lai de Aristóteles; La Castellana de Vergi*, introducción, traducción y edición por Fernando Carmona. Barcelona : PPU (Textos Medievales, 3), 1986.

(四)　英文译本

La Chastelaine de Vergi, poème français du XIIIe siècle traduit en anglais par Alice Kemp-Welch, publié d'après Raynaud, précédé d'une introduction par L. Brandin et illustré d'après un ivoire contemporain; *The Chatelaine of Vergi:* a 13th century romance, done into English by Alice Kemp-Welch, edited with by introduction by L. Brandin, with contemporary illustrations. Paris : Geuthner; London : Nutt, 1903.

The History of Fulk Fitz-Warine, englished by Alice Kemp-Welch with an introduction by L. Brandin, London: Chatto and Windus; Boston: Luce (The King's Classics), 1907.

Lays of Marie de France and Other French Legends, translated with an introduction by Eugene Mason. London : Dent; New York: Dutton (Everyman's Library), 1911, 197-217.

French Mediaeval Romances from the Lays of Marie de France, translated by Eugene Mason. London et Toronto : Dent; New York : Dutton (Everyman's Library), 1911, 197-217.

The Chatelaine of Vergi, translated by Alice Kemp-Welch, Cambridge (Ontario) : In Parentheses (Old French Series), 1999.

(五)　德文译本

Die Kastellanin von Vergi in der Literatur Frankreichs, Italiens, der Niederlande, Englands und Deutschlands, mit einer deutschen Übersetzung der altfranzösischen Vernovelle und einem Anhange: Die "Kastellan von Couci"sage als "Gabrielle de Vergi"legende, herausgegeben von Emil Lorenz, Halle : Niemeyer, 1909.

Liebesnovellen des französischen Mittelalters. Aus dem Altfranzösischen übertragen und eingeleitet von Georg Goyert mit Bildbeigaben von Paul Neu, München, Müller, 1919, 79-92.

La Châtelaine de Vergi. Urschrift nachgedichtet von Maria Neusser, Wien, 1924.

Französische "Schicksalsnovellen" des 13. Jahrhunderts. "La chastelaine de Vergi", "La fille du comte de Pontieu", "Le roi Flore et la belle Jehanne", übersetzt, eingeleitet, mit einer Bibliographie und Anmerkungen versehen von Friedrich Wolfzettel, München, Fink (Klassische Texte des romanischen Mittelalters in zweisprachigen Ausgaben, 26), 1986.

(六)　意大利文译本

La Castellana di Vergi, poemetto francese del secolo XIII, riveduto nel testo, con versione a fronte, introduzione e note, a cura di C. Pellegrini, Firenze, 1929.

La Castellana di Vergy, traduzione, introduzione e note a cura di Giovanna Angeli, Roma : Salerno editore, 1991.

四、　相关研究文献

Abiker, Séverine. *L'écho paradoxal. Étude stylistique de la répétition dans les récits brefs en vers, XIIe-XIVe siècles*, thèse de doctorat, Université de Poitiers, 2008.

Angeli, Giovanna. *Le strade della fortuna. Da Marie de France a François Villon*. Pisa : Pacini (Studi di letterature moderne e comparate, 10), 2003.

Arrathoon, Leigh Adelaide. « The *Châtelaine de Vergi*: a structural study of an Old French artistic short narrative », *Language and Style*, 1974, 151-180.

Bertaud, Madeleine. « Une *Chastelaine de Vergi* au crépuscule du XVIe siècle: la *Radegonde* de Du Souhait », *Amour tragique*, *amour comique, de Bandello à Molière*, Paris : SEDES, 1989, 29-50.

Bordier, Jean-Pierre, François Maquère et Michel Martin. « Disposition de la lettrine et interprétation des œuvres: l'exemple de *La Chastelaine de Vergi* », *Le Moyen Âge*, 79, 1973, 231-250.

Bothe, C. M. « *La chastelaine de Vergi*: d'une poétique du secret au secret de la poésie », *Romance Languages Annual*, 3, 1992, 24-27.

Bouché, Thérèse. « De la *Châtelaine de Vergy* au *Lai du Laostic*. Remontée aux origines de la nouvelle », *Queste*, 5, 1990, 5-22.

Charpentier, Hélène. « De *La Chastelaine de Vergi* à la soixante-dixième nouvelle de l'*Héptaméron*, ou les métamorphoses de l'infinitif », *Revue régionaliste des Pyrénées*, 67, 1984, 55-82.

Connochie-Bourgne, Chantal. « La vue et l'ouïe dans *La Chastelaine de Vergi*: complementarité et tension », *PRIS-MA*, 11:1, 1995, 85-102.

Décloître, Raphaëlle. « La *Chastelaine de Vergy* et son *Istoire*: interférences de la matière tristanienne dans le passage du vers à la prose », *Memini*, 21, 2017.

Demarolle, Pierre. « De *La châtelaine de Vergy* à l'*Heptaméron*: modalités textuelles d'une nouvelle écriture », *Mettre en prose aux XIVe-XVe siècles. Actes du IIIe colloque international de l'Association internationale pour l'étude du moyen français, Gargnano, 28-31 mai 2008*, éd. Barbara Ferrari, Maria Colombo Timelli et Anne Schoysman, Turnhout : Brepols (Texte, codex et contexte 11), 2010, 119-128.

Denoyelle, Corinne. *Poétique du dialogue médiéval*. Rennes : Presses universitaires de Rennes (Interférences), 2010.

Eckard, Gilles. « De la mystique courtoise à la méditation religieuse: *La Chastelaine de Vergi* et la LXXe nouvelle de *L'Heptaméron* de Marguerite de Navarre », *Formes et figures du religieux au*

Moyen Âge, éd. Pierre Nobel, Besançon : Presses universitaires franc-comtoises (Littéraire), 2002, 199-215.

Frappier, Jean. « *La Chastelaine de Vergi*, Marguerite de Navarre et Bandello », *Mélanges. II: Études littéraires, 1945*, Paris : Publications de la Faculté des lettres de Strasbourg, 105, 1946, p. 89-150. — Réimpr. dans *Du Moyen Âge à la Renaissance*, Paris : Champion, 1976, 393-474.

Gally, Michèle. « Récits brefs courtois: arts d'aimer ou nouvelles? L'exemple de la *Châtelaine de Vergy* et du *Lai de l'ombre* », *Récit bref au Moyen Âge. Actes du Colloque des 8 et 9 mai 1988, Amiens/Paris*, Amiens : Centre d'études médiévales, Université de Picardie (Wodan, 2), 1989,123-140.

Hunt, Tony. « The art of concealment: *La Châtelaine de Vergi* », *French Studies*, 47:2, 1993, 129-141.

Hunwick, Andrew. « L'originalité de *La Chasteleine de Vergi* », *Revue des langues romanes,* 93:2, 1989, 429-447.

Lakits, Pal. « *La châtelaine de Vergy* et l'évolution de la nouvelle courtoisie », *Studia Romaniaca*, II, Debrecen : Kossuth Lajos Tudományegyetem, 1966.

Lange, Wolf-Dieter. « Höfische Tradition und individuelles Leben in der *Chastelaine de Vergi*. Ein Beitrag zum Stil der altfranzösischen Versnovelle », Zeitschrift für französische Sprache und Literatur, *in Z.F.S.L.*, 76:1, 1966, 17-43.

Langlois, Charles-Victor. *La société française au XIIIᵉ siècle d'après dix romans d'aventure*, 2ᵉ éd.. Paris : Hachette, 1904.

—————————. « *La châtelaine de Vergy* », *La vie en France au Moyen Âge de la fin du XIIᵉ au milieu du XIVᵉ siècle*. Nouvelle édition, revue, Paris : Hachette, 1926, 210-220.

Lodge, Anthony. « A new manuscript of the *Chastelaine de Vergi* », *Romania*, 89, 1968, 544-554.

Lorenz, Emil, et Arthur Ludwig Stiefel. « Die *Chastelaine de Vergy* bei Margarete von Navarra und bei Matteo Bandello. Eine Entgegnung », *Zeitschrift für französische Sprache und Litteratur*, 38, 1912, 278-279.

Maraud, André. « *Le lai de Lanval* et la *Chastelaine de Vergi*: la structure narrative », *Romania*, 93, 1972, 433-459.

Martineau-Génieys, Christine. « Les secrets de la Dame du Vergier », *Marguerite de Navarre, 1492-1992. Actes du Colloque international de Pau, 1992, éd. Nicole Cazauran et James Dauphiné, Mont-de-Marsan* : Éditions Interuniversitaires, 1995, 677-694.

Mermier, Guy R. « En relisant *La Chastelaine de Vergi* », *Studi mediolatini e volgari*, 28, 1981 [1983], 19-38.

Micha, Alexandre, et Christine, Ruby. « *Châtelaine de Vergy* », *Dictionnaire des lettres françaises: le Moyen Âge, éd. Geneviève Hasenohr et Michel Zink*, Paris : Fayard, 1992, 260-261.

Okafor, Edwin E. « Les sources et la structure de *La Chastelaine de Vergi* », *Francofonia*, 12, 1987, 65-77.

Parancs, Anna. « L'ancienne histoire de *La Chasteleine de Vergi* et son adaptation nouvelle par Marguerite de Navarre », *Revue d'études françaises*, 7, 2002, 135-152.

Payen, Jean Charles. « Structure et sens de *La Châtelaine de Vergi* », *Le Moyen Âge*, 79, 1973, 209-230.

Rychner, Jean. « La présence et le point de vue du narrateur dans deux récits courts: *le Lai de Lanval* et la *Châtelaine de Vergi* », *Vox romanica*, 39, 1980, 86-103.

――――――. *Narration des sentiments, des pensées et des discours dans quelques œuvres des XIIe et XIIIe siècles.* Genève : Droz (Publications romanes et françaises, 192), 1990.

Virtue, Nancy. « Le Sainct Esperit... parlast par sa bouche: Marguerite de Navarre's evangelical revision of the Chastelaine de Vergi », *Sixteenth Century Journal*, 28:3, 1997, 811-824.

Zumthor, Paul. « De la chanson au récit: *la Chastelaine de Vergy* », *Vox romanica*, 27, 1968, 77-95.

五、古法文文法、构词、词汇以及由原典或现代法文翻/编译为中文之法国中世纪文学方面著作

佚名，李蕙珍译注，《尼姆大车队：十二世纪以奥朗日的纪尧姆为主角的武勋之歌系列之一》，台北：秀威资讯科技股份有限公司，2024 年。

佚名，李蕙珍译注，《欧卡森与妮可蕾特》，台北：秀威资讯科技股份有限公司，2020 年。

佚名，康罗伊改编，陈伯祥译，《罗兰之歌》，北京：北京语言大学出版社，2011 年。

Jehan Bodel/ 佚名，翁德明译注，《圣尼古拉的把戏/ 皮耶尔·巴特兰律师的笑闹剧》，台北：国立政治大学出版社，2012 年。

————，《古法文武勋之歌：《昂密语昂密勒》的语言学评注》，桃园：国立中央大学出版中心 & Airiti Press Inc.，2010 年。

————，《爱的春药：崔斯坦与伊索德》，台北：先觉出版社，2003 年。

贝迪耶编，罗新璋译，《特利斯当与伊瑟》，北京：人民文学出版社，1991。

佚名，杨宪益译，《罗兰之歌》，上海：译文出版社，1981 年。

佚名，戴望舒译，《屋卡珊和尼各莱特》，上海：光华书局，1929 年。

Andrieux-Reix Nelly, Croizy-Naquet, Catherine, Guyot, France, Oppermann, Evelyne. *Petit traité de langue française médiévale*. Paris : PUF, 2000.

Andrieux-Reix, Nelly, Baumgartner, Emmanuelle. *Systèmes morphologiques de l'ancien français. Le verbe*. Bordeaux : Bière, 1983.

———. *Ancien français : exercices de morphologie*. Paris : PUF, 1990.

Andrieux-Reix, Nelly. *Ancien français : fiches de vocabulaire*. Paris : PUF, 1987.

Buridant, Claude. « Les binômes synonymiques. Esquisse d'une histoire des couples de synonymes du Moyen Âge au XVIIe siècle », *Bulletin du Centre d'Analyse du Discours*, 4, 1980, 5-79.

———. *Grammaire nouvelle de l'ancien français*. Paris : SEDES, 2000.

———. *Grammaire du français médiéval (XIe- XIVe siècles)*. Strasbourg : ELIPHI, 2019.

Chaussée, François de la. *Initiation à la morphologie historique de l'ancien français*. Paris : Klincksieck, 1989.

Flori, Jean. « La notion de chevalerie dans les chansons de geste du XIIe siècle. Étude historique de vocabulaire », *Le Moyen Âge*, 81, 1975, p. 211—244 et p. 407-445.

Gougenheim, Georges. *Études de grammaire et de vocabulaire français*. Paris : Éditions A. et J. Picard, 1970.

Guillot, Roland. *L'épreuve d'ancien français aux concours : fiches de vocabulaire*. Paris : Honoré Champion, 2008.

Hélix, Laurence. *L'épreuve de vocabulaire d'ancien français. Fiches de sémantique*. Paris : Éditions du temps, 1999.

Matoré, Georges. *Le vocabulaire et la société médiévale*. Paris : PUF, 1985.

Ménard, Philippe. *Syntaxe de l'ancien français*. (4ème éd.) Bordeaux : Bière, 1994.

Moignet, Gérard. *Grammaire de l'ancien français*. Paris : Klincksieck, 1988.

Revol, Thierry. *Introduction à l'ancien français*. Paris : Nathan, 2000.

Thomasset, Claude et Ueltschi, Karin. *Pour lire l'ancien français*. Paris : Nathan, 1993.

Zink, Gaston. *Morphologie du français médiéval*. Paris : PUF, 1989.

——— . *L'ancien français*. Paris : PUF. (coll. *Que sais-je ?* n° 1056), 1987.

六、 中世纪文本编注规则

Guyotjeannin, Olivier et Vielliard, Françoise. *Conseils pour l'édition des textes médiévaux : conseils généraux*, fascicule 1. Paris : CTHS, École Nationale des Chartes, 2001.

Bourgain, Pascale et Vielliard, Françoise. *Conseils pour l'édition des textes médiévaux : textes littéraires*, fascicule 3. Paris : CTHS, École Nationale des Chartes, 2002.

Careri, Maria, Fery-Hue, Françoise, Gasparri, Françoise, Hasenohr, Geneviève, Labory, Gillette, Lefèvre, Sylvie, Leurquin, Anne-Françoise et Ruby, Christine. *Album de manuscrits français du XIIIe siècle : Mise en page et mise en texte*. Roma : Viella, 2001.

七、古文字学指南

Audisio, Gabriel et Rambaud, Isabelle. *Lire le français d'hier. Manuel de paléographie moderne : XVe-XVIIIe siècle* (4e édition). Paris : Armand Colin, 2003.

Bischoff, Bernhard. *Paléographie de l'Antiquité romaine et du Moyen Âge occidental* (2e édition). Paris : Picard, 1993.

Prou, Maurice. *Manuel de paléographie latine et française* (4e édition). Paris : Auguste Picard, 1924.

八、辞典

Foulet, Lucien. *The Continuations of the Old French "Perceval" of Chretien de Troyes*. Vol. III, part 2, *Glossary of the First Continuation*. Philadelphia, The American Philosophical Society, 1955.

Godefroy, Frédéric. *Dictionnaire de l'ancienne langue française et tous ses dialectes du IXe au XVe siècle*, 1881-1902.

Von Wartburg, Walther. *Französisches Etymologisches Wörterbuch (FEW): dictionnaire étymologique et historique du galloroman (français et dialectes d'oïl, francoprovençal, occitan, gascon)*, Nancy Université, ATILF-CNRS, 2014 [1922-2002].